ACTE III, SCÈNE VIII.

JEANNE HACHETTE,

OU

LE SIÈGE DE BEAUVAIS,

DRAME EN CINQ ACTES ET SIX PARTIES,

par MM. Anicet Bourgeois et A. Dennery,

REPRÉSENTÉ POUR LA PREMIÈRE FOIS SUR LE THÉÂTRE DE L'AMBIGU-COMIQUE, LE 7 JANVIER 1839.

PERSONNAGES.	ACTEURS.
LOUIS XI, roi de France.	M. ROGER.
SIRE HUGONNET, gouverneur de Beauvais.	M. DANGUIN.
SIRE DE VILLIERS, gentilhomme beauvoisien.	M. DELAUNAY.
JACQUES DE VILLIERS, son fils.	M. ALBERT.
MATTHIEU LAINÉ.	M. CUILLER.
NICOLAS GALLAND, gardien d'une des portes de la ville.	M. COQUET.
BONAVENTURE GALLAND, son neveu.	M. ARMAND.
RENÉ, au service du duc de Bourgogne.	M. SALVADOR.
ANDRÉ, paysan beauvoisien.	M. BARBIER.
TRISTAN.	M. MONNET.
PREMIER AFFIDÉ.	M. CLAIRVILLE.
DEUXIÈME AFFIDÉ.	M. GARCIN.

PERSONNAGES.	ACTEURS.
UN BOURGEOIS de la ville.	M. DUVILLARD.
JÉROME, paysan.	M. DAUNY.
PREMIER HÉRAUT.	M. GUYON.
DEUXIÈME HÉRAUT.	M. FERDINAND.
UN VIEILLARD.	M. BOUCHER.
OLIVIER LEDAIM.	M. MERLE.
UNE SENTINELLE.	M. CHAUVIN.
JEANNE, fille de Matthieu Lainé.	Mlle MARTIN.
MARCELINE, paysanne.	Mlle ABIT.
PREMIÈRE PAYSANNE.	Mlle LAURE.
DEUXIÈME PAYSANNE.	Mlle BALTHAZAR.
UN ENFANT.	LA PETITE ZOÉ.

CHEVALIERS ET HOMMES D'ARMES FRANÇAIS, GARDE BOURGEOISE, OFFICIERS ET SOLDATS BOURGUIGNONS, PAYSANS, ÉCOLIERS, ETC.

ACTE PREMIER.

Le théâtre représente un carrefour de la ville de Beauvais ; à droite du spectateur, la maison de Lainé, maison de simple apparence ; à gauche, le porche d'une église ; au-delà des rues çà et là quelques bornes servant à soutenir les chaînes qui ferment les rues la nuit.

SCÈNE PREMIÈRE.

UN AFFIDÉ DU DUC DE BOURGOGNE, HUGONNET.

Au lever du rideau, deux personnages enveloppés de

manteaux sont sous le porche ; l'un d'eux est appuyé sur une borne. Il fait nuit.

HUGONNET.

N'êtes-vous donc porteur pour moi d'aucune lettre, d'aucun message ?

L'AFFIDÉ.

Ni lettre ni message, monseigneur; dans le métier que nous faisons tous les deux en ce moment, il ne faut aucun écrit qui puisse compromettre...

HUGONNET.

C'est donc de vive voix que tu me feras connaître les conditions du duc de Bourgogne?

L'AFFIDÉ.

De même que de vive voix tu me diras les tiennes.

HUGONNET.

Misérable! qui t'a rendu si hardi que tu oses parler de la sorte à un gentilhomme?

L'AFFIDÉ.

Qui vous dit que je ne le suis pas comme vous?

HUGONNET.

Toi! choisi pour une telle mission!

L'AFFIDÉ.

Quand un baron vend son pays, celui qui vient l'acheter peut bien être comte ou duc.

HUGONNET.

Venons au fait!

L'AFFIDÉ.

Soit! pour vous le commandement d'une province à votre choix, dix mille écus d'or et l'estime des honnêtes gens... qu'offrez-vous en échange?

HUGONNET.

La ville de Beauvais dans trois jours.

L'AFFIDÉ.

Sitôt?

HUGONNET.

Toute la noblesse est mécontente de Louis de France, dont la politique est de flatter le peuple en humiliant les grands. Gouverneur de la ville, j'ai en réserve certains édits que je publierai dès demain, et qui mettront le mécontentement à son comble!

L'AFFIDÉ.

Bien, mais le populaire?

HUGONNET.

La famine commence à le ronger, la garnison est faible et se décourage... Demain aussi je ferai lever de nouvelles dîmes et de nouveaux impôts.

L'AFFIDÉ.

A merveille! et vous laisserez courir par la ville les promesses écrites que j'ai fait répandre, et par lesquelles monseigneur de Bourgogne offre aux bourgeois et manans l'abolition des corvées et redevances.

HUGONNET.

Que ce matin l'armée de Bourgogne soit en vue de Beauvais, les portes lui seront bientôt ouvertes.

L'AFFIDÉ.

Elle y sera.

HUGONNET.

Silence! on vient de ce côté.

L'AFFIDÉ.

En effet.

HUGONNET.

C'est la garde bourgeoise... éloignez-vous; si l'on vous surprenait...

L'AFFIDÉ.

Bah! qu'ai-je à craindre? le gouverneur de la ville répondrait de moi; ne serait-ce pas caution suffisante?

HUGONNET.

Moi, je ne vous connais pas, et je vous ferais pendre.

L'AFFIDÉ.

C'est juste! au revoir, alors.

Ils sort.

~~~~~~

SCENE II.

HUGONNET, DE VILLIERS, JACQUES, BONAVENTURE, Bourgeois armés.

HUGONNET.

Il était temps qu'il s'éloignât. (Allant aux Bourgeois.) Qui vous commande, messieurs les bourgeois?

DE VILLIERS.

Moi, sire Hugonnet.

HUGONNET.

Ah! ah! messire de Villiers! et n'est-ce pas votre fils que je vois à vos côtés? oui, vraiment... vous voilà tous deux donnant l'exemple et faisant bonne garde pour conserver au roi Louis sa ville de Beauvais, c'est bien!

DE VILLIERS.

Dites plutôt, monseigneur, que nous veillons pour maintenir le bon ordre dans notre ville.

JACQUES.

Le Bourguignon peut dans quelques jours assiéger nos portes; alors nous nous ferons tous tuer s'il le faut, mais pour le pays seulement.

BONAVENTURE, dans les rangs.

Noël au sire de Villiers!

DE VILLIERS.

Qui parle ici?

BONAVENTURE.

Moi!

HUGONNET.

Qui, vous?

BONAVENTURE.

Eh bien, moi donc, Bonaventure Galland, le neveu de mon oncle, le gardien de la porte d'Amiens.

DE VILLIERS.

Silence!

HUGONNET, à de Villiers.

Vous vous plaignez à tort du roi Louis; ne montre-t-il pas grande confiance dans sa noblesse de Beauvais? il sait que son courage suffira pour défendre la ville, c'est pour cela qu'il garde près de lui sa nombreuse armée.

DE VILLIERS.

Oui, certes, il faut qu'il ait en nous une confiance sans bornes, puisqu'il nous laisse maîtres ici en même temps qu'il nous dépouille de nos fiefs et priviléges.

HUGONNET.

Baron de Villiers, j'oublie les paroles que je viens d'entendre, mais gardez-vous de les prononcer de nouveau... la volonté du roi est toute-puissante, et tous doivent baisser la tête devant elle.

DE VILLIERS.

Tous?

HUGONNET.

Le roi devra d'ailleurs récompenser votre fidé-lité; car si vous pouvez lui être un utile serviteur, vous lui seriez aussi un bien puissant ennemi; bourgeois et paysans n'obéissent guère qu'à vous ici.

DE VILLIERS.

Que Louis se rappelle mieux que Charlemagne faisait soutenir sa couronne par ses douze pairs qui représentaient la noblesse de l'empire, si Louis la veut porter seul, elle pourra devenir trop pe-sante et lui glisser du front.

HUGONNET.

Sire de Villiers, prenez garde!

DE VILLIERS.

Nous défendrons le pays, sire gouverneur; que Dieu protège le roi!

HUGONNET, *à part.*

Bien, le voilà tel que je le voulais. (*Haut.*) Con-tinuez votre ronde, messire; je vais prendre con-naissance de nouveaux édits que le roi m'a fait transmettre.

Il sort.

~~~~~~~~~~~~~~~~~~~~~~~~~~~~~~~~~~~~~

SCÈNE III.

LES MÊMES, hors HUGONNET.

JACQUES.

Demeurez-vous donc ici, mon père?

DE VILLIERS.

Achevez sans moi de parcourir ce quartier... je me rends chez notre ami le seigneur de Morey, dont vous devez épouser la fille à la première trève que nous laissera cette guerre.

JACQUES.

Mais pourquoi maintenant?

DE VILLIERS.

J'ai besoin de me concerter avec lui sur nos moyens de défense... allez, allez.

JACQUES.

J'obéis!

Il sort suivi des autres.

BONAVENTURE, *sortant.*

Allons, encore une petite promenade de nuit!... Ah! la belle invention que la garde bourgeoise, surtout quand il pleut!

~~~~~~~~~~~~~~~~~~~~~~~~~~~~~~~~~~~~~

SCÈNE IV.

DE VILLIERS, puis LAINÉ.

DE VILLIERS.

Non, je n'irai pas chez Jehan de Morey, c'est ici que je vais attendre... Pauvre Lainé! tout en-tier à des préoccupations politiques, j'ai mal rem-pli le devoir que je m'étais imposé... mais l'heure s'écoule, et il ne vient pas au rendez-vous donné. (*Allant vers la porte de Lainé.*) Aucune lumière, aucun bruit... il n'est pas de retour.

LAINÉ.

Me voilà, monseigneur!

DE VILLIERS.

Enfin!

LAINÉ.

J'ai bien tardé, n'est-ce pas? c'est qu'il y avait là-bas plus à faire que je ne pensais; c'est qu'il y avait pour moi plus de honte et de malheur que nous ne le soupçonnions tous deux.

DE VILLIERS.

Explique-toi.

LAINÉ.

Monseigneur, votre famille avait toujours été la providence de la mienne, vous me traitiez non pas en vassal, mais en ami, et lorsque la guerre m'ap-pela, je n'hésitai pas à vous confier mon unique enfant. Laissé pour mort sur le champ de bataille, je fus fait prisonnier et trois années s'écoulèrent sans qu'il me fût possible de faire savoir à Jeanne que son père existait encore... Ah! pourquoi le hasard a-t-il voulu que vous en fussiez instruit par un déserteur bourguignon? vous n'auriez pas racheté le pauvre prisonnier, et Lainé serait mort dans les fers sans avoir rougi de son enfant.

A ton arrivée, je dus te faire part de mes crain-tes, de mes soupçons; je dus t'apprendre que l'an dernier Jeanne me demanda comme une grâce la permission de passer quelque temps chez dame Inès, sa tante, qui habite un des faubourgs de la ville. Elle était pâle, amaigrie par la dou-leur que lui causait ta perte, et je consentis... Là, sans doute, elle connut celui qui l'a perdue.

LAINÉ.

Vous vous trompez. Là, monseigneur, elle al-lait cacher à tous les regards son malheur, sa honte et son enfant.

DE VILLIERS.

Son enfant!

LAINÉ.

Oui, c'est un secret que j'ai su arracher à ma pauvre vieille sœur, que les larmes et le désespoir de Jeanne avaient faite sa complice. Éplorée, sup-pliante, ma sœur m'a tout appris, tout, excepté le nom du séducteur qu'elle ignore... J'ai voulu le voir, cet enfant; Inès craignait pour lui mon désespoir et ma haine, car cette horrible révéla-tion avait bouleversé mon âme... à sa vue cepen-dant, la raison me revint tout-à-coup. L'amante, me suis-je dit, ne voudra pas me révéler le nom de son complice; mais une mère aime plus qu'une amante, mais un enfant est plus cher qu'un époux; et j'emportai dans un village voisin l'enfant, que je confiai aux soins d'une pauvre paysanne. C'est mon otage à présent, et, pour le racheter, il me

faudra le nom de son père. Voilà ce que j'ai fait,
monseigneur, ni ai-elle...

DE VILLIERS.

Et maintenant nous connaîtrons l'infâme... s'il
est d'égale condition, il réparera son outrage en
donnant son nom à ta fille...

LAINÉ.

Et si c'est un noble, il refusera.

DE VILLIERS.

Eh bien ! ton poignard fera ce que ne pourra
faire le prêtre ; tu le tueras.

LAINÉ.

Voilà ce que vous feriez à ma place, monseigneur ?... aussi ferai-je. Je suis venu en toute hâte,
et voyez, je suis armé...

DE VILLIERS.

Sais-tu donc déjà...

LAINÉ.

Parmi les aveux de ma sœur, il en est un que
je me suis rappelé. C'était toujours le matin, un
peu avant le lever du soleil, que le séducteur se
rendait ici pendant mon absence. Orion me croit
absent aujourd'hui ; voilà pourquoi je suis accouru ;
voilà pourquoi j'ai pris cette arme. J'attends...

DE VILLIERS.

Mais il est jeune, son bras serait plus fort que
le tien ; peut-être.. je reste avec toi.

LAINÉ.

Vous, monseigneur !...

DE VILLIERS.

Je suis père aussi moi... je reste, te dis-je.

LAINÉ.

Parlez plus bas, j'aperçois dans l'ombre un
homme qui se dirige vers nous. Si c'était.. il approche. Vous ici, monseigneur, et moi de ce côté.

Lainé se blottit derrière un des piliers de la porte et de
Villiers sous le porche.

SCÈNE V.

LES MÊMES, JACQUES, enveloppé d'un manteau.

JACQUES, à voix basse.

Ils m'ont retenu bien tard ; le jour va paraître,
elle ne m'attend plus sans doute. Entrons !

LAINÉ, lui arrêtant le bras.

Où vas-tu, misérable ?

Il le terrasse et lève sur lui sa dague.

JACQUES.

Que voulez-vous ?

LAINÉ.

Ton sang pour laver ma honte.

JACQUES.

Si je vous ai fait injure, je suis gentilhomme et
prêt à vous donner réparation...

DE VILLIERS.

Grand Dieu ! cette voix...

LAINÉ.

Tu es gentilhomme, dis-tu ? je n'ai plus rien à
espérer de toi. Je suis Matthieu Lainé, je suis le
père de Jeanne... meurs donc !

Trahison !

DE VILLIERS, s'élançant.

Arrête, malheureux !...

Mon père !

DE VILLIERS.

C'est Jacques de Villiers...

LAINÉ.

Lui !

DE VILLIERS.

C'est mon fils...

LAINÉ.

Son fils !

SCÈNE VI.

LES MÊMES, JEANNE, paraissant tout-à-coup.

JEANNE.

Jacques !

JACQUES.

Jeanne !

JEANNE.

Mon père, messire Jacques et le comte de Villiers sur cette place, à cette heure ? que se passe-
t-il donc ?

JACQUES.

C'est que votre père...

LAINÉ, bas.

Silence ! je le veux. (Haut.) Quand l'ennemi
approche de nos foyers, ne devons-nous pas son-
ger à la défense de notre bonheur et de nos en-
fants ? Les seigneurs de Villiers daignaient me con-
sulter, et voilà tout.

JEANNE.

Je ne vous attendais pas aujourd'hui, mon père.

LAINÉ.

Et d'où vient que vous êtes sitôt debout, ma
fille ?

JEANNE.

Ma tante est encore malade, et j'allais comme
chaque matin...

LAINÉ, bas à Jacques.

Embrasser votre enfant, monseigneur.

JACQUES.

Grand Dieu ! vous savez...

LAINÉ.

Allez donc, Jeanne, allez et revenez bientôt...
J'ai hâte de vous revoir et de vous parler... allez,
allez vite !

JEANNE.

Comme il me dit cela ! et tous trois réunis dans
un pareil moment ! Mon Dieu ! j'ai peur.

Elle sort.

SCÈNE VII.

LES MÊMES, excepté JEANNE.

LAINÉ.

Eh bien ! chacun de vous garde le silence !... et

cependant j'ai à rappeler à chacun des paroles qu'il vient de prononcer. Messire Jacques, tout-à-l'heure, quand le fer de cette arme effleurait votre poitrine, vous vous êtes écrié : Si je vous ai fait injure, je suis gentilhomme et prêt à réparer ma faute... J'attends.

JACQUES.

Lainé, vous aviez laissé ici un ange de candeur et de vertu, par moi cet ange est déchu de sa gloire; mais sa faute, qui fut mon ouvrage, me le rend plus cher et plus sacré ; à défaut de la noblesse du nom, Jeanne a la noblesse du cœur, et jamais la couronne des comtes de Villiers ne se sera posée sur un front plus pur. Matthieu Lainé, moi, Jacques de Villiers, je vous demande la main de Jeanne, votre fille.

LAINÉ.

L'ai-je bien entendu ? Jeanne, mon enfant, tu pourras encore lever la tête, je pourrai encore m'enorgueillir de toi... Oh! messire Jacques, vous m'avez payé d'un seul mot tout ce que vous m'avez fait souffrir.

DE VILLIERS.

Vous oubliez trop tous deux qu'il faut mon consentement à ce mariage.

JACQUES.

Vous le donnerez, mon père ?

DE VILLIERS.

Jamais!

JACQUES et LAINÉ.

Jamais !

DE VILLIERS.

Cette union serait une mésalliance. La famille de Morey a d'ailleurs ma parole, et je n'y manquerai pas.

LAINÉ.

A Dieu ne plaise, monseigneur, que j'oublie vos largesses et la liberté que je vous dois; mais n'oubliez pas à votre tour ce que vous me disiez tout-à-l'heure.

DE VILLIERS.

Je n'ai rien oublié... le poignard peut faire ce que ne ferait point un prêtre... voilà ce que je l'ai dit. Au lieu d'un poignard, prends ton épée, et celle des de Villiers ne refusera pas de se croiser avec la tienne.

JACQUES.

Oh! que dites-vous, mon père ?

LAINÉ.

Messire, le soldat vous doit remercier de la réparation que vous lui offrez. Le sang de votre fils, répandu jusqu'à la dernière goutte, satisferait ma vengeance peut-être, mais ne rendrait pas l'honneur à ma fille... Sire de Villiers, pour ma liberté que vous m'avez donnée, je vous laisse votre fils... nous sommes quittes, n'est-ce pas ? et maintenant, messire Jacques, je ne vous demande que votre parole de laisser enseveli entre nous trois ce funeste secret; il ne restera, je vous jure, aucune trace de la faute de Jeanne.

JACQUES.

Il en est une cependant...

LAINÉ.

Je vous comprends. Celle-là, je l'ai fait disparaître.

JACQUES.

Malheureux ! qu'avez-vous fait de mon enfant ?

LAINÉ.

Il est mort pour le monde et pour vous.

JACQUES.

Mort !

LAINÉ.

Pour ne revivre et ne vous être rendu que le jour où vous me rendrez l'honneur que vous m'avez pris.

JACQUES.

Oh ! pauvre Jeanne, quelle sera sa douleur !... Oh ! grâce, grâce, mon père, pour nous tous!

DE VILLIERS.

Encore une fois, cette union est impossible, j'ai engagé ma foi de gentilhomme.

JACQUES.

Eh bien! je cours tout avouer au sire de Morey, et il sera moins inflexible que vous; cette parole que vous ne voulez pas lui reprendre, c'est lui qui vous la rendra. Et vous, Lainé, avant de briser le cœur de la pauvre Jeanne, attendez encore!... (il sort) attendez!...

SCÈNE VIII.

LAINÉ, DE VILLIERS, puis GALLAND, BONAVENTURE, PEUPLE.

DE VILLIERS.

Jacques !... Que va-t-il faire ?

LAINÉ.

Remerciez Dieu, monseigneur, qui vous a donné un fils dont l'ame n'est pas sans pitié comme la vôtre, et qui ne sacrifie pas à sa gloire l'honneur et la vie de ceux qu'il a perdus...

BONAVENTURE.

Tenez, tenez, voici le seigneur de Villiers; c'est de lui, de lui seul qu'il faut prendre conseil.

PLUSIEURS VOIX.

Oui, oui,

PLUSIEURS AUTRES.

Non, non, chez le gouverneur, chez le gouverneur.

DE VILLIERS.

Qu'y a-t-il ?

BONAVENTURE.

D'abord vous autres, silence!... Parlez, mon oncle...

GALLAND.

Du tout, ça pourrait me compromettre!

BONAVENTURE.

Eh bien !... voilà... nous venons d'apercevoir, à deux petites lieues au plus, un gros de gens armés... Or, comme ce n'est pas sur la route de Paris, ce ne peut être l'armée de monseigneur le roi que nous attendons.

DE VILLIERS.

Mais les soldats de Bourgogne ne sauraient se
trouver déjà si près de nous...

LAINÉ.

Eh bien... que quelques braves m'accompa-
gnent, et nous irons reconnaître ces gens-là...

PLUSIEURS.

Oui, oui...
Ils sortent des rangs.

GALLAND.

Très-bien !...

BONAVENTURE.

Est-ce que vous allez avec ces braves gens,
mon oncle ?

GALLAND, *bas.*

Certainement !... Je vais leur ouvrir la porte...

DE VILLIERS.

Mais si ce sont des Bourguignons, c'est courir à
la mort.

LAINÉ, *bas.*

Que votre fils rende l'honneur à mon enfant, et
son bras lui sera un meilleur appui que le mien.
S'il doit l'abandonner... mieux vaut pour moi
mourir sur un champ de bataille que mourir ici
de honte et de désespoir... Venez, venez camarades...

Il sort suivi de plusieurs hommes.

SCENE IX.

LES MÊMES, *hors* LAINÉ.

BONAVENTURE.

Et nous, monseigneur, que ferons-nous ? me
voilà pour attendre vos ordres, et voici les autres
qui attendront les miens.

DE VILLIERS.

Bien que le roi Louis de France nous abandonne en pareil péril, et semble avoir oublié la
ville de Beauvais, bien que ses édits et impôts
aient souvent dépouillé la noblesse et accablé le
peuple... nous combattrons encore pour lui garder
Beauvais...

UN BOURGEOIS.

Le gouverneur !... voici le gouverneur.

SCENE X.

LES MÊMES, HUGONNET, GARDES.

HUGONNET.

Messire de Villiers, j'ai pris connaissance du
message du roi... Il renferme des instructions
auxquelles je dois me conformer, quoi qu'il m'en
puisse coûter... Voici les ordres du roi... « On
» m'apprend que le duc de Bourgogne compte de
» nombreux partisans parmi les chevaliers et ba-
» rons de notre province de Picardie... Si les
» Bourguignons paraissent en vue de Beauvais,
» le sire Hugonnet, gouverneur de ladite ville,
» prendra seul le commandement, et défense sera
» faite aux hommes d'armes, bourgeois et serfs,
» de reconnaître aucun autre chef que le sire gou-
» verneur. Signé LE ROI. »

DE VILLIERS.

Ai-je bien entendu ?...

HUGONNET.

Vous vous soumettrez, nous n'en doutons pas,
à la volonté royale, vous engagerez vos nombreux
vassaux à obéir sans murmurer... J'ai pouvoir de
désarmer tout bourgeois rebelle; enfin, messire de
Villiers, tant que les Bourguignons seront en vue
de la ville, vous devez avoir votre hôtel pour
prison.

DE VILLIERS.

Ah ?

Murmure général.

HUGONNET.

Silence et respect !... sire de Villiers, donnez
l'exemple de l'obéissance; ordonnez à cette foule
de se dissiper, et renfermez-vous dans votre hôtel; si vous tardez encore, il me faudra employer
la force pour vous y contraindre, vous m'y obligez
pas... Je vais signifier les mêmes ordres aux sires
de Lansac et de Morey.

UN HOMME D'ARMES.

Place, place au sire gouverneur !

SCENE XI.

LES MÊMES, *hors* HUGONNET.

DE VILLIERS.

Vous l'avez entendu, mes amis, on désarme ce
bras qui vous aurait aidé à défendre vos remparts...
Oh ! le duc de Bourgogne ne traiterait pas ainsi
la noblesse de France, il sait trop bien ce qu'elle
vaut sur un champ de bataille.

BONAVENTURE.

Sans compter que ce duc de Bourgogne est un
magnifique seigneur qui nous offre d'abolir nos
dîmes.

GALLAND, *vivement.*

Veux-tu te taire ?

BONAVENTURE.

Justement, voilà mon oncle qui a lu avec moi
les promesses écrites que le Bourguignon a fait
répandre par la ville; et tenez, j'en ai plein mon
escarcelle...

DE VILLIERS, *à lui-même.*

Serait-ce donc trahir le pays que de renverser
un tyran ?... Charles de Bourgogne est un noble
et valeureux chevalier...

BONAVENTURE.

Hein ! dites donc, vous autres... plus de dîmes,
de redevances, plus de corvées ?... Un gouvernement à bon marché, c'est rare.

UN BOURGEOIS.

Messire, la garnison est faible, et dans ces temps
de trouble et de guerre, chaque bourgeois a chez
lui son arquebuse ou son épée; dites un mot, et
tout-à-l'heure le véritable gouverneur de Beauvais sera le sire de Villiers, le véritable maître
de la ville sera le duc de Bourgogne...

BONAVENTURE.

Tiens, mais il parle comme un livre, le compère
Dominé.

LE BOURGEOIS.

Eh bien, messire?

DE VILLIERS.

Le roi Louis XI abandonne son peuple et per-
sécute sa noblesse!... Eh bien!... Noël au duc de
Bourgogne!

TOUS.

Noël au duc de Bourgogne!

BONAVENTURE.

Eh bien! criez donc, mon oncle.

GALLAND.

Pas encore, nous verrons plus tard.

DE VILLIERS.

Le sort en est jeté!... (*Tirant son épée.*) Aux
armes!

BONAVENTURE.

C'est ça, du tapage et des coups, nous allons
rire.

DE VILLIERS.

Courez dans les différens quartiers de la ville;
faites sonner le tocsin, faites armer et ameuez-
nous les ouvriers des faubourgs, nous ferons
bonne contenance ici.

BONAVENTURE.

Oui, c'est ça! tendons les chaînes! Vive Dieu,
je vas m'en donner... Où allez-vous, mon oncle?

GALLAND.

Je vas ameuter mon quartier et je reviendrai.

BONAVENTURE.

Quand tout sera fini... Dieu vous bénisse, mon
oncle!

Galland sort.

DE VILLIERS.

Un homme de bonne volonté pour porter à mon
fils le billet que je vais écrire!

UN HOMME.

Me voilà, messire!

A ce moment deux étrangers paraissent et s'arrêtent.

〰〰〰〰〰〰〰〰〰〰〰〰〰〰〰〰〰〰〰〰〰〰〰

SCÈNE XII.

LES MÊMES, DEUX ÉTRANGERS.

PREMIER ÉTRANGER.

Ouais, que se passe-t-il ici?

BONAVENTURE.

Voilà du renfort. (*Bas aux Bourgeois.*) Dites
donc, ils ont de bonnes têtes. (*Haut.*) Vous n'êtes
pas de la ville?

DEUXIÈME ÉTRANGER.

Non.

BONAVENTURE.

C'est égal, vous serez des nôtres.

DEUXIÈME ÉTRANGER.

Pourquoi faire?

BONAVENTURE.

Ne savez-vous pas que les Bourguignons sont
aux portes de la ville?

PREMIER ÉTRANGER.

Et vous courez les défendre.

BONAVENTURE.

Nous allons les ouvrir.

PREMIER ÉTRANGER.

Les ouvrir?

BONAVENTURE.

La partie est bonne, et vous en serez.

L'ÉTRANGER.

Ça n'est pas fait encore?

BONAVENTURE.

Oh! ça se fera, nous venons de le décider. Louis
de France est un vieux poltron qui adore sa Vierge
de plomb au lieu de prendre sa bonne épée; il en-
richit Tristan le bourreau son compère, et ruine
sa noblesse, qu'il cherche à faire toute petite pour
la descendre à sa taille. Louis n'est pas le roi
qu'il nous faut, nous voulons un prince brave qui
marche avec nous. Au duc de Bourgogne la couronne de France, à Louis une couronne de moine.

TOUS.

Oui! oui!

PREMIER ÉTRANGER.

Ouais! vous allez livrer à l'étranger une ville
de France, vous allez vous rendre à Charles de
Bourgogne, et pas une voix ne vous a crié : Ce que
vous faites là est une félonie, une lâcheté!... Mais
ce projet n'a pas été conçu par vous, il part d'une
tête plus haute et plus noble; quel est votre chef?

DE VILLIERS, *qui a fini son billet.*

Qu'y a-t-il donc?

PREMIER ÉTRANGER.

Je demande à connaître le chef de la révolte.

DE VILLIERS.

Ce chef, c'est moi!

PREMIER ÉTRANGER.

Ne t'appelles-tu pas Laurent, comte de Villiers?

DE VILLIERS.

Oui.

PREMIER ÉTRANGER.

Et c'est toi qui vas vendre Beauvais au duc de
Bourgogne!

DE VILLIERS.

Je ne lui vends pas la ville, je la lui donne.

PREMIER ÉTRANGER.

Ouais! un si beau désintéressement mérite
grande et haute récompense... et voilà celui
(*montrant le deuxième étranger*) qui se chargera
de te l'octroyer.

BONAVENTURE, *bas.*

C'est un envoyé du Bourguignon... son argen-
tier, peut-être?

PREMIER ÉTRANGER.

Ce qui t'est dû, comte de Villiers, c'est un juge,
une potence et un bourreau.

TOUS.

Hein!

DE VILLIERS.

Qui donc es-tu, pour m'oser tenir un pareil langage?

PREMIER ÉTRANGER.

Ton juge.

DE VILLIERS.

Et qui es-tu, toi qui portes la main sur un gentilhomme ?

DEUXIÈME ÉTRANGER.

Ton bourreau !

DE VILLIERS.

A moi, mes amis !

PREMIER ÉTRANGER.

Que nul ne bouge ! Tandis que la révolte s'agite ici, la potence se dresse là-bas.

Mouvement de surprise.

DE VILLIERS.

Insolent !

PREMIER ÉTRANGER.

A genoux, vassal ! nul ne porte la tête haute devant Louis de France.

TOUS.

Le roi !

Grand silence. Des archers, conduits par un troisième étranger, paraissent en grand nombre.

LOUIS.

Olivier, cet homme est à vous.

Il désigne de Villiers que les archers entourent.

LE BOURGEOIS.

Amis, laisserons-nous entraîner notre chef ?

TOUS.

Non ! non !

LOUIS.

Qui donc élève la voix ici pour protéger un traître ? Peuple insensé ! tu défends tes seigneurs, tu n'as donc pas compris que dans chacun d'eux tu avais un tyran ? Tu m'accuses de vouloir abaisser leur puissance, mais leur puissance était ton asservissement. Si ces insolens despotes te font moins sentir le poids de leur masse d'armes, c'est qu'ils ont senti le poids de mon sceptre. S'ils ne dévastent plus tes terres, s'ils ne ravagent plus tes fermes, c'est que j'ai fait tomber les hautes murailles qui servaient de refuge à ces nobles pillards. Et quand j'ai brisé avec la hache les mille réseaux qui t'enchaînaient, quand aujourd'hui tu peux lever la tête et remuer les bras, c'est contre moi que tu tournes la force que je t'ai donnée ! Tu m'accuses de manquer de courage, parce que, confiant en Notre-Dame et en mon bon droit, je n'apparais pas toujours bardé de fer, comme mon cousin de Bourgogne ! Est-il sans courage, celui qui entend hurler la révolte et qui vient droit à elle ? mérite-t-il une couronne de moine, celui qui d'un mot, d'un regard, a fait tomber l'épée du rebelle ? N'est-il pas le digne chef d'un brave peuple, celui qui, ne pouvant assez tôt rassembler son armée, est venu presque seul s'enfermer dans vos murs ? et celui-là ne vous dira pas : Rendez la ville... il vous dira : Courons aux murailles... combattons, mourons tous, s'il le faut, avant de livrer à l'étranger le sol sacré de la patrie ! Et maintenant qui parle de désobéir au roi ?

Moment de silence et d'hésitation.

BONAVENTURE.

J'en suis fâché pour messire de Villiers, mais le roi Louis est un grand roi ! Vive le roi !

TOUS.

Vive le roi !

LOUIS, montrant Bonaventure.

Ils hésitaient, et c'est peut-être à ce garçon-là que je devrai ma ville de Beauvais.

DE VILLIERS.

Tu l'emportes, Louis !

LOUIS, à Tristan.

Compère, la journée sera moins bonne pour toi que tu ne le croyais d'abord ; je ne te donne qu'une tête, mais c'est la plus haute.

DE VILLIERS.

Grâce !

LOUIS.

Point de grâce pour les traîtres. Tristan, emmène cet homme. Olivier, fais préparer l'hôtel de ville pour me recevoir. Allez !

Plusieurs archers entourent de Villiers et l'emmènent ; Tristan les suit.

~~~~~~

SCENE XIII.

LES MÊMES, GALLAND.

GALLAND.

Allons, c'est fini, je cède aux instances de mon neveu, je me décide... Vive Bourgogne ! vive Bourgogne !

BONAVENTURE.

Hein ! qu'est-ce qu'il dit donc ?

LOUIS.

Quel est cet homme ?

GALLAND.

J'ai réfléchi... et je suis des vôtres, moi ! Vive Bourg...

BONAVENTURE.

Mais, malheureux oncle que vous êtes, voilà monseigneur le roi.

GALLAND.

Hein !... quoi !... comment... le... le roi !... je suis un homme mort.

BONAVENTURE.

Sire, c'est mon oncle.. il est fou !

GALLAND.

Oui, oui, sire ; je suis parfaitement ce qu'il dit.

LOUIS.

Remercie le ciel de ce que mon compère Tristan n'est plus là, et retire-toi !...

GALLAND.

Oui, oui, monseigneur... Ah ! me voilà bien corrigé du goût des émeutes.

A ce moment des hommes paraissent portant sur un brancard le corps de Lainé.

BONAVENTURE.

Lainé !...

LOUIS.

Quel est cet homme ?

UN BOURGEOIS.

Un brave qui vient d'être tué par les Bourguignons, qu'il était allé reconnaître! Pauvre Lainé! il devait être la première victime de cette guerre.

LOUIS.

Lainé... Je n'oublierai pas ce nom. Messieurs les bourgeois, je vais à l'hôtel de ville donner les ordres nécessaires... Dans une heure des armes vous seront distribuées... bon courage! un peuple qui veut se défendre est presque invincible... Nous nous reverrons sur vos remparts...

TOUS.

Vive le roi!

Il sort suivi de plusieurs gardes.

BONAVENTURE.

Voilà une terrible journée... Pauvre Matthieu Lainé!... Et que dira demoiselle Jeanne?

CALLAND.

Ah! grand Dieu! la voilà qui vient de ce côté!

JEANNE, *entrant.*

Il a tout découvert... Et mon enfant, mon pauvre enfant! il me l'a pris.

BONAVENTURE.

Camarades, qu'elle ne le voie pas tout d'abord!...

On cache en l'entourant le corps de Lainé.

JEANNE.

Je me jetterai à ses genoux, j'implorerai sa pitié, je lui demanderai grâce... Oh! il me le rendra... Mais pourquoi tout ce monde? qu'avez-vous donc à me regarder ainsi?... Vous détournez les yeux... Mon Dieu! ma honte et mon malheur seraient-ils connus déjà?... (*S'approchant d'eux.*)

Pourquoi cette émotion... ce trouble que je lis dans vos regards?...

BONAVENTURE.

Jeanne, n'approchez pas...

JEANNE.

Pourquoi m'éloignez-vous? que me cachez-vous donc?... Ah! qu'ai-je vu!... Mon père... mon pauvre père...

Elle se jette sur son corps.

BONAVENTURE.

Tué par les Bourguignons.

SCÈNE XIV.

LES MÊMES, JACQUES, *accourant.*

JACQUES.

Le sire de Villiers... Où est le sire de Villiers?

TRISTAN, *paraissant et lui montrant la potence.*

Mort...

JACQUES, *tombant.*

Mort!...

TRISTAN.

Pendu par ordre du roi! Regardez!

JACQUES.

Ah! mon père!...

JEANNE.

Et mon fils!... qui me dira maintenant où il est? Oh! les Bourguignons m'ont pris à la fois mon père et mon enfant!

JACQUES.

O mon père! je te vengerai de ton infâme meurtrier...

JEANNE, *se relevant.*

Haine aux Bourguignons!

JACQUES, *se relevant.*

Haine au roi Louis XI!

ACTE DEUXIÈME.

Une porte de la ville de Beauvais; à droite, le château de Jacques; à gauche, la maison de Jeanne, dont une fenêtre est éclairée. — *Le jour se lève.*

SCÈNE PREMIÈRE.

BONAVENTURE ET JACQUES, *sortant par une grille que ce dernier referme après lui.*

JACQUES, *à Bonaventure.*

Je te remercie, bon jeune homme, tu as compris la douleur d'un fils; tu as compris qu'il ne laisserait pas jeter hors la ville le cadavre de son père. Et quand le malheureux est rentré chez lui, tu l'as suivi... Quand il cherchait dans son parc une place obscure et discrète pour y cacher une tombe, tu lui as dit : Maître, il faut creuser là!... Encore une fois, merci!

BONAVENTURE.

Vous ne me devez rien, messire... Au point du jour, la sentence du roi aura reçu sa complète exécution, et on ne pourra vous refuser les nobles restes du sire de Villiers... Je vais rassembler quelques amis pour former un cortège convenable... A tout-à-l'heure, maître, et du courage!

Il sort.

SCÈNE II.

JACQUES, *seul.*

Oui... du courage... Il m'en faudra pour la

tâche que je me suis faite... O mon père, au pied de ton infâme échafaud, je t'ai promis vengeance de ton meurtrier... On obéit ici à Louis de France, ce n'est plus ici qu'est ma place... Mais je ne peux quitter cette ville sans revoir Jeanne, sans lui dire un éternel adieu peut-être... Elle est là... Elle aussi pleure... elle aussi, veille auprès d'un cadavre... mais elle a du moins notre fils auprès d'elle... Notre fils... pauvre enfant!... Quand tu interrogeras le passé, tu n'y trouveras que des souvenirs de honte et de sang... Hâtons-nous!... (*Il frappe à la porte de Jeanne.*) Jeanne, c'est moi... c'est Villiers.

La porte s'ouvre, et Jeanne paraît, pâle et triste.

~~~~~~

SCENE III.

JEANNE, JACQUES.

JEANNE.

Je t'attendais, Jacques.

JACQUES, *lui prenant la main.*

Oh! c'est que toi aussi tu m'as compris, pauvre femme!... Tu as deviné qu'un saint devoir m'était imposé, et tu as préparé ton âme à cette nouvelle épreuve; tu attendais le dernier adieu de Jacques.

JEANNE.

Ton adieu!...

JACQUES.

Avant de te quitter, Jeanne, j'ai voulu te dire encore une fois, qu'entre toutes les femmes, tu seras toujours pour moi la plus belle et la plus aimée... Si je triomphe dans la lutte que je vais engager, le nom de Villiers, purifié par la vengeance, sera le tien... Si je succombe, ton souvenir sera ma dernière pensée... Et maintenant, Jeanne, prends ce parchemin, il assure à notre enfant toute la fortune des Villiers.

JEANNE.

Notre enfant... sais-je seulement s'il existe?...

JACQUES.

Que dis-tu?

JEANNE.

Tu ne me croyais pas si malheureuse, n'est-ce pas?... Mon père est mort, Jacques, et je n'étais pas là pour apprendre de sa bouche quelle retraite il avait choisie à notre enfant... Mon père est mort, et nul de ses compagnons n'a reçu de lui cet aveu; le vieillard a emporté son secret dans la tombe, afin que son honneur ne s'y ensevelît pas avec lui...

JACQUES.

Eh quoi! personne ne peut-il nous dire...

JEANNE.

Non... personne... Et à chaque nouveau massacre dont l'annonce parvient ici, je sens mon cœur se briser, j'entends les cris de notre fils qu'on égorge... Oh! oui, je les entends, te dis-je, car chaque gémissement d'un pauvre enfant qui se meurt a son écho dans les entrailles de sa mère.

JACQUES.

Non, ton père était un homme de bien... et le soin de son honneur ne l'a pu rendre cruel à ce point... un de ses frères d'armes a reçu sa confession... je les interrogerai tous...

JEANNE.

Je l'ai fait déjà... à tous j'ai demandé en tremblant : « Mon père, avant d'expirer, ne vous a-t-il rien dit pour sa fille?... » Ils m'ont répondu : « Nul de nous n'était près de lui, car il nous devançait tous ; car il semblait que, poussé par le désespoir, il courût au-devant des coups ennemis... Et quand nous avons pu l'atteindre... c'est qu'il était tombé... c'est qu'il était mort...» Et maintenant, veux-tu encore partir?... me laisseras-tu seule chercher notre fils?...

JACQUES.

Non... je resterai... avec toi, Jeanne, je visiterai tous les villages voisins, je fouillerai toutes les chaumières... Dieu, qui nous a si cruellement éprouvés, ne nous réserve pas une douleur plus amère encore... dès ce soir, nous commencerons nos recherches ; car, ce matin, nous avons l'un et l'autre de tristes devoirs à remplir...

JEANNE.

Toute cette nuit, Jacques, j'ai veillé près du corps de mon père, j'ai donné au vieillard tout ce que j'avais de sanglots et de larmes; j'ai gardé pour l'enfant tout ce que j'ai de force et de courage! (*On entend un son de trompe.*) Qu'est-ce que cela?

~~~~~~

SCENE IV.

LES MÊMES, BONAVENTURE, DEUX HÉRAUTS D'ARMES.

Deux hérauts d'armes, suivis de soldats et de peuple, paraissent. Derrière les hérauts d'armes on distingue Bonaventure et quelques jeunes gens.

PREMIER HÉRAUT, *déroulant un parchemin.*

« Aux habitans de notre bonne ville de Beau-
» vais, faisons savoir qu'en récompense des si-
» gnalés services de Pierre-Matthieu Lainé, mort
» en combattant pour nous, nous avons ordonné
» que tous honneurs seraient rendus à sa mémoire,
» que sa compagnie prendrait les armes, et que les
» cloches de la cathédrale sonneraient à grande
» volée comme pour un chevalier ou baron...

» Signé LE ROI! »

JACQUES, à Jeanne, qui pleure.

Jeanne, ton père, du moins, sera honoré après sa mort, tandis que le mien, abandonné de ses amis et serviteurs, ne sera suivi que de son fils.

BONAVENTURE, *bas à Jacques.*

Nous sommes là, maître, et ce n'est pas pour Matthieu Lainé que nous sommes venus.

LE HÉRAUT, à Jeanne, *lui faisant écouter le son des cloches qui s'agitent.*

On nous attend, nous sortirons par votre jardin.

JEANNE, *bas à Jacques.*

Jacques, je vais prier pour les deux vieillards.

Elle entre dans la maison, suivie du héraut, des archers et de quelques hommes du peuple. Bonaventure et les jeunes gens sont restés, ainsi qu'un deuxième héraut d'armes, qui déroule à son tour un parchemin.

BONAVENTURE.

Qu'a-t-il donc à nous lire encore celui-là ?

DEUXIÈME HÉRAUT.

« Pour châtier et flétrir la trahison du seigneur » et chevalier sire de Villiers...

JACQUES.

Grand Dieu !

DEUXIÈME HÉRAUT.

« Ordonnons que son corps détaché de la po- » tence sera traîné sur une claie par toute la » ville, et jeté hors de terre sainte. Signé LE ROI. »

Il sort.

TOUS, *avec effroi.*

Ah !

JACQUES.

Mon père, mon père, voué à cette honte, à cette infamie... oh ! non, c'est impossible !

BONAVENTURE.

Chut ! voici le roi.

JACQUES.

Le roi ! il a rendu la sentence, il peut la rapporter ; et s'il fait grâce à mon père... oui, j'abjurerai ma haine, je renoncerai à ma vengeance... mes amis, vous prierez avec moi, vous tomberez, s'il le faut, aux genoux du roi.

TOUS.

Oui, oui !

SCÈNE V.

LES MÊMES, LOUIS XI, TRISTAN et HUGONNET.

Le roi va traverser la rue et s'éloigner ; Jacques va audevant de lui.

JACQUES.

Sire ! daignez m'entendre... un seul instant, de grâce !

HUGONNET, *à part.*

Jacques de Villiers !

LOUIS.

Quel est cet homme ? que nous veut-il ?

JACQUES.

Sire, on a égaré votre justice.

LOUIS.

Comment ?

JACQUES.

Laurent de Villiers, eût-il été réellement coupable, ne devait pas mourir par la corde, c'est le supplice des manans et des serfs, et de Villiers était gentilhomme.

LOUIS.

Là, là, Tristan en a pendu de plus nobles.

JACQUES.

Sire !

LOUIS, *avec force.*

Nous avons infligé ce supplice à ce traître, parce que la trahison avilit et dégrade, parce que celui-là n'est plus gentilhomme qui tente de livrer son pays.

JACQUES.

Eh bien ! n'est-ce pas assez de sa vie pour expier son crime ? et ne lui pardonnerez-vous pas, même après sa mort ? Sire, pitié sur terre pour celui que Dieu juge en ce moment !

LOUIS, *à Tristan.*

Qu'en penses-tu, compère ? Dieu commande le pardon, et le pardon rachète bien des fautes.

TRISTAN.

Sire, la prière les rachète aussi, et vous avez tant prié ce matin !

LOUIS.

Allons, nous songerons à ta requête plus tard.

JACQUES, *l'arrêtant encore.*

Non, non, sire ! c'est maintenant qu'il me faut, que j'implore votre pitié... dans un instant, songez-y, il sera trop tard ; dans un instant, les bourreaux s'empareront du corps du sire de Villiers, l'attacheront sur une claie infâme, et le traîneront ignominieusement par la ville... et moi, moi, mon Dieu ! il me faudra voir cela, calme et impassible, car ils diront encore : c'est la justice du roi... Je verrai ses membres brisés, je verrai ses cheveux blancs traînés dans la fange... Oh ! non, non, sire ; ce supplice, vous pouvez l'infliger à ceux qui ne laissent ni parens en mourant ni amis... mais le seigneur de Villiers n'était pas le seul qui portât ce nom, il lui reste un fils pour pleurer, pour venger sa honte. Sire, je me nomme Jacques de Villiers, moi !

LOUIS.

Jacques de Villiers, son fils ! (*A Tristan.*) Approche, approche, compère... nous avons fait aujourd'hui longue promenade, nous avons besoin de ton bras pour appui. (*Il le place entre Jacques et lui.*) Là, là, demeure de ce côté !

JACQUES.

Sire, j'avais juré de venger la mort de mon père... mais vous pouvez faire d'un ennemi mortel un serviteur fidèle et dévoué. (*Mettant un genou en terre.*) Sire, prononcez, j'attends.

LOUIS.

Seigneur Hugonnet, votre avis... que me conseillez-vous ?

HUGONNET.

Moi ! tant que messire de Villiers est demeuré fidèle serviteur du roi, je lui fus un sincère ami, et cependant il est de mon devoir d'élever la voix contre sa mémoire.

JACQUES, *se relevant.*

Parlez donc, sire Hugonnet, j'aurai deux tâches à accomplir au lieu d'une.

HUGONNET.

La trahison se propage, et il faut un exemple... la noblesse d'aujourd'hui méprise la mort, et la honte seule châtie bien... c'est avec la honte qu'il faut frapper.

JACQUES.

L'exemple profitera, je le jure... Sire, faites choix d'un autre commandant de la ville, car celui-ci vous manquera bientôt.

HUGONNET.

Misérable ! (*Aux gardes.*) Saisissez ce rebelle !

BONAVENTURE.

Non, non !

TOUS.

Non, non !

LOUIS.

Arrêtez! (*Bas.*) Ne voyez-vous pas qu'ils sont nombreux? (*Haut.*) Jacques de Villiers, je te laisse la vie sauve et t'accorde tout aujourd'hui le droit de maudire les juges de ton père... la douleur d'un fils est grande et peut égarer sa raison... je te pardonne.

TOUS.

Vive le roi !

LOUIS, *bas.*

Qu'on le surveille avec soin, et s'il se sépare de ces manans, que l'on s'empare de lui !

Ils sortent.

SCENE VI.

LES MÊMES, *hors* LOUIS XI, HUGONNET *et* TRISTAN.

JACQUES.

Et maintenant, des armes... oh ! donnez-moi des armes.

BONAVENTURE.

Du tout, un eustache et une échelle, voilà tout ce qu'il faut.

JACQUES.

Que veux-tu dire?

BONAVENTURE.

Une échelle pour arriver en haut de la potence, un eustache pour couper la corde... puis, messire, Jacques emportera pour les ensevelir les restes de son père, et mes amis et moi ferons bonne contenance pour empêcher les archers d'arriver jusqu'à lui... n'est-ce pas, vous autres?

TOUS.

Oui, oui !

JACQUES.

Oh ! bien , bien, mes amis ! j'accepte le secours que vous m'offrez, car je ne veux pas mourir sans vengeance.

NICOLAS, *sortant de chez lui.*

Qu'entends-je? une révolte contre les ordres du roi?

BONAVENTURE.

Justement ! et vous arrivez bien pour en être.

NICOLAS.

Du tout ! je suis employé du gouvernement.

BONAVENTURE.

Nous agirons sans vous, alors; en avant !

TOUS.

En avant !

Ils sortent.

SCENE VII.

NICOLAS, JEANNE.

JEANNE.

Ah! que se passe-t-il?... pourquoi ce bruit?

NICOLAS.

C'est pourtant mon neveu qui est cause de tout ce remue-ménage... c'est lui qui a mis la populace en mouvement... il en fait ce qu'il veut de la populace.

JEANNE.

Vous ne l'avez pas retenu? vous ne l'avez pas suivi?

NICOLAS.

Il n'y a là bas que gens qui tuent et gens qui se font tuer; je ne veux être ni des uns ni des autres.

JEANNE.

Oh ! mes pressentimens ne me trompent pas... Jacques doit être dans tout ceci... oh ! pour Dieu, répondez-moi, où est Jacques?

SCENE VIII.

LES MÊMES, BONAVENTURE.

BONAVENTURE.

Jacques se porte bien; il est en sûreté, du moins pour le moment.

JEANNE.

Comment ?

NICOLAS.

Et toi, malheureux...

BONAVENTURE.

C'est de Jacques qu'il s'agit. Nous étions partis pour nous emparer du corps du sire de Villiers.

NICOLAS.

Après !

BONAVENTURE.

Cinq ou six archers entouraient la potence... nous les mettons en fuite; rien de plus simple.

NICOLAS.

Des archers du roi... quelle audace !... ensuite ?

BONAVENTURE.

Nous approchons pour détacher le patient; mais alors nous apercevons à la potence et aux pieds du défunt le sceau royal. A cette vue tout le monde recule ou hésite... briser le sceau royal !...

FRANÇOIS.

Il y a peine de mort...

JEANNE.

Peine de mort?...

BONAVENTURE.

Rien que ça... Pourtant Jacques s'avance hardiment et brise la cire; à ce moment de nombreux arquebusiers ont débouché de la place Saint-Pierre.

JEANNE.

Et Jacques, qu'est-il devenu ?

BONAVENTURE.

Nous avons pu l'entraîner et dépister pour un instant la poursuite ; mais il a été reconnu ; et il sera sûrement arrêté aujourd'hui s'il ne trouve un moyen de sortir d'ici.

NICOLAS.

Briser le sceau royal ! mais savez-vous bien que le moins qui lui puisse arriver, c'est d'être pendu ?

BONAVENTURE.

Du tout ! car si vous le protégez, mon oncle, il n'a rien à redouter du roi lui-même.

JEANNE.

Comment ?

NICOLAS.

Tu vas encore me compromettre.

BONAVENTURE.

Pas le moins du monde... Jeanne, rassurez-vous... mon digne oncle, vous allez rentrer chez vous.

NICOLAS.

Je ne demande pas mieux.

BONAVENTURE.

Vous écrirez à Christophe Bardou, de Compiègne, pour lui recommander le sire de Villiers.

NICOLAS.

Écrire !... je refuse... ça compromet toujours.

BONAVENTURE.

Puis vous reviendrez avec vos clefs.

NICOLAS.

Mes clefs ?... pourquoi faire ?

BONAVENTURE.

Presque rien ; ouvrir le guichet, voilà tout.

JEANNE.

Hâtez-vous, par grâce, hâtez-vous !

BONAVENTURE.

Eh bien, mon oncle, vous n'êtes pas encore parti ? allons, voyons, un bon mouvement.

NICOLAS.

Il fait de moi tout ce qu'il veut.

BONAVENTURE.

Vous allez revenir ?

NICOLAS.

Je vais... je vais réfléchir...

Il rentre chez lui.

SCENE IX.

LES MÊMES, *hors* NICOLAS.

JEANNE.

Il hésite... il ne le sauvera pas.

BONAVENTURE.

Je devais m'y attendre ; eh bien, alors, un homme de bonne volonté ?... (*Six hommes sortent des rangs.*) C'est ça, j'en demandais un, mais je savais qu'il m'en viendrait cinq ou six.

JEANNE.

Mais quel est votre projet ?

BONAVENTURE.

Fiez-vous à moi ; une corde passée autour du corps, retenue par ces gaillards-là, qui ont de bons bras, je vous le jure, laissera descendre le sire de Villiers du haut des remparts. Ne perdons pas un instant ; il y a là-bas, derrière la vieille tour, une brèche qui nous servira.

JEANNE.

Oh ! mais je veux le revoir encore.

BONAVENTURE.

Hâtons-nous, car j'aperçois là-bas des arquebuses.

JEANNE.

Mon Dieu ! vous aurez pitié de moi, vous ne frapperez pas en un seul jour mon père, mon époux et mon fils !

BONAVENTURE.

Venez, Jeanne, venez, nous n'avons qu'un moment.

Ils disparaissent en longeant le rempart.

SCENE X.

HUGONNET, TRISTAN, GARDES.

TRISTAN.

Messire Hugonnet, le roi ordonne que le jeune sire de Villiers soit remis entre mes mains.

HUGONNET, *aux gardes.*

Voici sa demeure !

Ils entrent chez de Villiers.

TRISTAN.

Le roi ordonne en outre que les portes de la ville soient ouvertes aux habitans des campagnes, qui se pressent dans les faubourgs.

HUGONNET.

Les ordres du roi seront exécutés. (*A part.*) C'est d'après mon conseil que Louis a pris cette résolution ; elle assure la réussite de mon projet.

UN GARDE, *sortant de la maison de Villiers.*

La maison est déserte, et nous avons aperçu d'une fenêtre le sire de Villiers fuyant à travers la campagne ; il était déjà hors de la portée de nos arquebuses.

TRISTAN.

Qui donc a protégé sa fuite ?

JEANNE, *sur le rempart.*

Sauvé ! il est sauvé !

SCENE XI.

LES MÊMES, NICOLAS, *une lettre et les clefs à la main.*

NICOLAS.

Allons, je me décide.

HUGONNET.

Holà ! messire gardien, d'où venez-vous donc avec ces clefs ?

NICOLAS.

Ah! je suis perdu!

Il cherche à cacher la lettre et les clefs.

HUGONNET.

Pourquoi ce trouble? quel est ce papier que vous essayez de cacher? Nicolas Galland, un coupable vient de sortir de la ville; il n'a pu sortir que par cette porte dont on vous a fait gardien... Au nom du roi, je vous arrête.

NICOLAS.

Je suis innocent; je n'ai ouvert à personne, je le jure sur les cendres de mon saint patron!

TRISTAN.

Voyons, voyons, mon ami, donnez-nous ceci de bonne volonté, il ne vous sera fait aucun mal.

NICOLAS, *le lui donnant.*

Vous me le promettez, seigneur?

TRISTAN.

Certainement. (*Lisant avec Hugonnet.*) Ah! ah! une lettre pour recommander le rebelle! et vous tenez encore en main les clefs qui devaient lui ouvrir les portes... Ceci n'est pas bien, l'ami.

NICOLAS.

Je vous atteste...

TRISTAN.

Par votre fait la potence aurait pu chômer, mais heureusement que vous êtes resté pour l'occuper un peu.

NICOLAS.

La potence!... miséricorde!... si jamais je rends des services, je veux être...

TRISTAN.

Vous le serez bientôt. Faites ouvrir le guichet aux manans que monseigneur de Bourgogne a pourchassés jusqu'ici... moi, j'emmène cet homme.

NICOLAS.

Et mon neveu qui n'est pas là pour prendre ma place!

TRISTAN.

Marchons!

On emmène Nicolas.

HUGONNET.

Qu'on ouvre le guichet!... tenez vous prêts à relever le pont-levis et à baisser la herse, car les Bourguignons tenteront peut-être de poursuivre les fuyards jusqu'ici.

Il sort.

SCENE XII.

Tous les Paysans *entrent dans la ville*; JEANNE *se place près de la porte.*

JEANNE.

Qu'ai-je appris?... les portes de la ville vont s'ouvrir aux habitants des campagnes voisines... au milieu de cette foule qui se presse dans les faubourgs se trouvera peut-être la femme à qui fut confié mon enfant.... oh! oui, elle doit être là. (*On a ouvert le guichet; on entre précipitamment.*) Je vais le revoir!... le retrouver... Pas encore, mon Dieu... pas encore... et là, sur cette route... plus personne... (*Bruit au dehors.*) Ah! l'ennemi a pénétré dans le faubourg.

UN BOURGEOIS.

Baissons la herse.

JEANNE.

Arrêtez! ne voyez-vous pas cette femme qui accourt à nous?

UN BOURGEOIS.

Il y va du salut de tous.

JEANNE.

Cette femme porte un enfant... cet enfant est le mien peut-être... Ah! vous ne baisserez pas cette herse.

Elle retient la main de celui qui allait la laisser tomber.

MARCELINE *entre en courant et en tenant son enfant dans ses bras.*

Ah!

Elle tombe épuisée par la fatigue.

JEANNE, *courant à l'enfant.*

Ce n'est pas lui!

MARCELINE.

Ils ne me poursuivront pas jusqu'ici... ils ne tueront pas le dernier enfant qui me reste!

JEANNE.

Les Bourguignons sont sans pitié, n'est-ce pas? et la pauvre créature qu'ils trouveront abandonnée...

LA PAYSANNE.

Ils la tueront comme ils ont massacré le frère de celui-là. Oh! c'est un châtiment du ciel, peut-être; mais devais-je abandonner un de mes enfans pour sauver l'étranger?

JEANNE.

Un étranger! que voulez-vous dire?

LA PAYSANNE.

Qu'ils étaient trois dans ma chaumière, lorsque se firent entendre les arquebusades et les cris de Vive Bourgogne! le village brûlait et chacun fuyait à la hâte, emportant ce qu'il avait de plus précieux. Remplie d'épouvante, je saisis dans chacun de mes bras chacun de mes deux enfans... mon Dieu, la force m'aurait manqué pour emporter l'autre.

JEANNE.

Et celui-là vous fut confié, dites-vous?...

LA PAYSANNE.

Par un habitant de cette ville.

JEANNE.

Le nom, le nom de cet homme?

LA PAYSANNE.

Il s'appelle Matthieu Lainé.

JEANNE.

Mon père! ah! ah! malheureuse, cet enfant, c'est le mien!

LA PAYSANNE.

Le vôtre!

JEANNE.

Mais qu'avez-vous dit? car ma tête se perd...

vous parliez d'enfant abandonné, d'un autre tué par l'ennemi... parlez, parlez donc.. : lequel existe? lequel est mort?

LA PAYSANNE.

Celui qu'ils ont tué était mon fils; celui que vous pleurez...

JEANNE.

Eh bien !

LA PAYSANNE.

Je vous l'ai dit, Dieu m'a cruellement punie de l'avoir abandonné.

JEANNE.

Abandonné!... oh! mais nous le sauverons! Venez, vous me guiderez.

LA PAYSANNE.

Retourner là-bas!

JEANNE.

Vous laisserez votre enfant ici, vous n'aurez plus peur alors.

LA PAYSANNE.

Que je passe encore sur cette route maudite, pour y rencontrer le corps inanimé de mon enfant!...

JEANNE.

Malheureuse! vous voulez donc que je ne retrouve aussi qu'un cadavre !... Venez, les Bourguignons égorgent les enfans, dites-vous? eh bien! qu'ils prennent aussi la mère!... Venez, venez, et que Dieu nous protège !

Elle l'entraîne.

ACTE TROISIEME.

Le théâtre représente une place de village. A gauche du spectateur, une maison praticable, occupant les deux premiers plans ; au premier plan, un mur en ruine, formant la cour de la maison ; au deuxième plan, la maison, fermée par une grosse porte en chêne ; au-dessus de la porte, une fenêtre avec balcon donnant sur la place ; au-dessus du mur, au deuxième plan, une fenêtre donnant sur la cour; aux troisième et quatrième plans, d'autres maisons. Au fond, une route ouverte sur un chemin escarpé. A droite, une métairie dans laquelle on entre par une porte charretière. Le rideau du fond doit représenter l'église du village ; quelques maisons, et au-delà la campagne.

SCENE PREMIERE.

Au lever du rideau, on voit arriver de la route et déboucher par la rue du village, à droite des spectateurs, une foule de paysans emportant ce qu'ils ont de plus précieux ; les hommes traînent des meubles dans de petites charrettes, les femmes portent leurs enfans, les vieillards des sacs et des coffres ; toute cette population fait une halte sur la place; les femmes, les hommes, les vieillards et les enfans paraissent excédés de fatigue.

UN VIEILLARD, *qui tombe.*

Ne vous arrêtez pas, mes enfans, laissez-moi mourir ici.

ANDRÉ.

Vous abandonner, vous, notre digne pasteur ! Si Dieu le permet, nous entrerons tous dans Beauvais ; nous n'en sommes pas loin maintenant, un dernier effort...

Le vieillard essaie de se relever, mais il retombe.

LA FEMME.

Par grâce, André, laisse-nous reprendre haleine; la force nous manque à tous.

ANDRÉ.

Si chacun de nous était en état de porter une arquebuse, nous ferions face aux Bourguignons, et nous n'entrerions pas dans Beauvais comme des lièvres au gîte. Mais nous ne voulons pas que l'ennemi insulte nos vieillards, déshonore nos femmes, massacre nos enfans. Voyez, la croix rouge de Bourgogne a passé par ici... plus personne dans ce village, partout la trace du pillage et de l'incendie.

LA FEMME.

A l'heure où nous parlons, le feu dévore aussi nos chaumières, sans doute.

ANDRÉ.

Que la volonté de Dieu soit faite !

LA FEMME.

Ce village n'est pas complètement abandonné, j'ai entendu...

ANDRÉ.

Quoi donc ?

LA FEMME.

Là, comme le pas d'un homme.

ANDRÉ, *saisissant son arquebuse.*

Un Bourguignon peut-être !

Mouvement général d'effroi.

SCENE II.

LES MÊMES, BONAVENTURE, GALLAND.

BONAVENTURE.

Vous pouvez vous montrer, mon oncle; ce sont des compatriotes.

GALLAND.

En es-tu bien sûr ?

ANDRÉ.

Vous êtes de ce pays ?

BONAVENTURE.

Nous sommes de Beauvais. Mon oncle, que voilà, possède ici une métairie; il a voulu la revoir une dernière fois avant que le Bourguignon en fît un feu de joie. (*Bas.*) Comme vous voyez, je suis discret et je ne dirai jamais à personne que vous, mon oncle, qui êtes prudent comme un chat, vous avez quitté la ville, au risque d'être pris et pendu, pour venir enterrer ici une cassette pleine d'écus.

GALLAND.

Mais tais-toi donc !

BONAVENTURE.

Et vous, mes compères, d'où venez-vous ?

ANDRÉ.

Du hameau de Marycels, que nous avons abandonné.

BONAVENTURE.

Comme on a abandonné Troissereux. Vous avez fait sagement, et vous ferez plus sagement encore en ne restant pas ici. L'ennemi, qui veut cerner la ville, ne peut manquer d'établir un poste dans ce village, et malheur à ceux qu'il y rencontrera !

GALLAND, *tenant une bêche.*

Il a raison, partons ! partons !

LE VIEILLARD.

André, quand tu voudras, nous nous remettrons en route.

GALLAND, *bas à Bonaventure.*

Bonaventure, au premier chemin nous nous séparerons de ces gens-là... chacun pour soi.

BONAVENTURE.

Et Dieu pour tous heureusement. (*A part.*) Quel vilain homme que mon oncle !

ANDRÉ.

En marche !... Qui t'arrête, femme ?

LA FEMME, *montrant la maison à gauche.*

C'est qu'il m'a semblé entendre là encore comme un gémissement... une plainte.

ANDRÉ.

Quelque pauvre malade qu'on aura oublié peut-être ; il faut s'en assurer.

Au moment où il va entrer dans la maison, un cri se fait entendre au fond.

JÉROME.

Les Bourguignons.

Mouvement.

GALLAND.

Hein !

ANDRÉ.

Ne te trompes-tu pas, Jérôme ?

JÉROME.

Ils nous ont aperçus et nous ferment la route.

GALLAND.

Il me semble que je passerai par un trou de souris.

ANDRÉ, *saisissant son arme.*

Défendons-nous.

TOUS.

Oui ! oui !

GALLAND.

Sauve qui peut !

Désordre général ; chacun saisit à la hâte ce qu'il emporte, et veut fuir ; mais les Bourguignons paraissent sur la hauteur.

SCENE III.

LES MÊMES, RENÉ, L'INCONNU *du premier acte,* OFFICIERS, SOLDATS BOURGUIGNONS.

RENÉ.

Vive Bourgogne !

BONAVENTURE, *à André.*

La résistance est inutile... pour une balle que vous leur adresseriez, ils vous en enverraient cent.

RENÉ.

Manans, il nous faut votre or et vos filles.

ANDRÉ.

C'est notre déshonneur qu'ils veulent... imitez-moi, camarades.

Il tire sur René, qu'il manque.

LES BOURGUIGNONS.

A mort ! à mort !

Et aussitôt ils s'élancent sur ces paysans désarmés, les renversent. René frappe André, qui tombe dans les bras de sa femme. Le vieillard lui fait un rempart de son corps ; Bonaventure s'est élancé et retient le bras de René, qui veut frapper encore André, qui n'est que blessé. Sur toute la place, chaque soldat bourguignon tient sous son genou une femme ou un vieillard ; d'autres pillent les voitures. Galland s'est laissé glisser dans un soupirail de cave. Tableau général.

SCENE IV.

LES MÊMES, JACQUES DE VILLIERS, *avec la croix rouge de Bourgogne.*

JACQUES.

Arrêtez, soldats, arrêtez !

BONAVENTURE.

Jacques de Villiers !

RENÉ.

Notre nouveau capitaine.

BONAVENTURE.

A nous, messire Jacques ; venez en aide à vos compatriotes.

RENÉ.

Messire de Villiers n'est plus du parti de Louis de France, il est Bourguignon comme nous, et ce n'est pas pour protéger nos ennemis qu'on l'a fait notre chef.

JACQUES.

Ce n'est pas non plus pour autoriser le meurtre et le pillage.

RENÉ.

Pendant toute cette guerre, le pillage a été promis aux soldats.

LES BOURGUIGNONS.

Oui, oui !

JACQUES.

Pendant les dangers de la bataille, peut-être... alors que l'enivrement du combat excuse l'enivrement de la vengeance ; mais égorger froidement des malheureux sans défense, qui pleurent et qui prient... nul de ceux que je commande ne le fera impunément; si le sang d'un seul de ces infortunés coule ici par vos mains, je briserai cette épée que votre maître m'a donnée, car le duc de Bourgogne m'avait promis des soldats et non pas des bourreaux.

Les Bourguignons s'éloignent des paysans, qui se relèvent pour courir embrasser les genoux de Jacques.

BONAVENTURE.

Il est bon d'avoir des amis partout.

SCENE V.

LES MÊMES, UN HOMME D'ARMES DE BOURGOGNE.

L'HOMME D'ARMES.

Pour messire de Villiers, de la part de monseigneur de Bourgogne.

JACQUES.

Donne.

BONAVENTURE.

Ah çà! qu'est donc devenu mon oncle?

JACQUES.

Braves gens, vous pouvez continuer votre route. (*Murmures des soldats.*) Qu'on leur livre passage, je le veux! (*Bas à Bonaventure.*) Ami, je n'ai pas oublié ce que tu as fait pour moi; mais avant de t'éloigner, parle-moi de Jeanne: tu l'as revue depuis mon départ... elle était seule, toujours seule? tu n'as rien appris?... La douleur de Jeanne était toujours aussi vive?

BONAVENTURE.

La pauvre fille n'a-t-elle pas tout perdu dans un jour?... son père et vous.

JACQUES, *à part.*

Il ne sait rien... Oh! qui m'instruira du sort de mon enfant? (*Haut.*) Partez, mes amis. (*Bas à Bonaventure.*) Partez; et toi, ne dis pas à Jeanne ce que tu as vu.

BONAVENTURE.

Non, messire. En route, camarades; vous arriverez à Beauvais avec tous vos bagages; moi, j'ai perdu mon oncle.

Ils se mettent en marche; pendant ce temps Jacques a lu le message du duc de Bourgogne.

SCENE VI.

JACQUES, RENÉ, BOURGUIGNONS.

JACQUES, *après avoir lu.*

Et maintenant, soldats, j'ai pour vous une bonne nouvelle. (*Les soldats se rapprochent.*) Un riche butin vous attend: ce message m'annonce que Louis de France, suivi de quelques hommes d'armes, vient de quitter secrètement la ville pour joindre son armée et presser sa marche... Le roi Louis XI, voilà la proie qu'il faut saisir!... Hâtons-nous; et si je vous ai arrêtés au moment

du pillage, je vous devancerai tous au moment du combat... A Louis de France!

TOUS.

A Louis de France!

Ils sortent vivement.

SCENE VII.

GALLAND, *passant sa tête par le soupirail.*

Il me semble que je n'entends plus hurler ces loups de Bourgogne; je donnerais la moitié des écus que je suis venu enterrer, oui, j'en donnerais le tiers pour être loin d'ici; pourtant, si je peux me sauver sans qu'il m'en coûte rien, j'en rendrai doublement grâce à saint Nicolas, mon vénéré patron... Décidément, je ne vois personne, je me risque... (*Au moment de s'élancer hors du soupirail, il s'arrête.*) Un moment... on marche là-bas, je crois même que l'on court... eh! vite, vite! redescendons... Ah! je voudrais que cette cave eût trois cents pieds de profondeur.

Il disparaît.

SCENE VIII.

JEANNE, MARCELINE.

JEANNE, *entrant précipitamment.*

Nous sommes arrivées, n'est-ce pas?

MARCELINE.

Oui, c'est ici.

JEANNE.

Eh bien! conduisez-moi vite à votre maison, où nous arriverons peut-être trop tard.

MARCELINE.

Attendez; ce n'est pas dans ma chaumière que j'ai laissé celui que vous cherchez; à la première alarme, je m'étais réfugiée avec mes pauvres enfans...

Elle s'arrête tout-à-coup, et son regard s'arrête sur une pierre ensanglantée.

JEANNE.

Où donc?

MARCELINE, *s'approchant de la pierre, et jetant un cri.*

Ah!

JEANNE.

Qu'avez-vous?

MARCELINE, *montrant la pierre.*

Là... là... Voyez-vous ce sang?... c'est celui d'Étienne, de mon fils, qu'ils ont tué dans mes bras, d'une balle au cœur... c'est sur cette pierre qu'il est tombé, en appelant encore sa mère... Oh! oh! mon enfant!...

Elle tombe à genoux devant la pierre.

JEANNE.

Pauvre mère!... nul mieux que moi ne peut comprendre votre douleur; mais, à votre tour, ayez pitié de mes angoises : femme, nous prierons ensemble pour l'enfant qui n'est plus ; mais sauvons, sauvons celui qui souffre... (*Marceline reste immobile.*) Mon Dieu, que faites-vous là ?... ne m'entendez-vous plus ?

MARCELINE, *la repoussant.*

Que me voulez-vous ?

JEANNE.

Quel égarement dans ses yeux !... Ne me reconnaissez-vous plus ? ne savez-vous plus où vous êtes ? (*Marceline garde le silence, et s'attache à la pierre ensanglantée. Avec effroi.*) Ah ! la douleur a troublé sa raison ; ce malheur me manquait encore !... Si près du but et ne pouvoir pas l'atteindre !... (*Courant à Marceline.*) Femme, rappelle tes souvenirs, entends-moi, regarde-moi... Ah ! que je meure, mon Dieu ! que je meure, mais qu'elle se souvienne !

Bruit en dehors.

JEANNE, *allant au fond.*

Je ne me trompe pas, c'est un étendard aux armes de Bourgogne qui flotte sur cette route... Femme, les Bourguignons approchent... ils nous tueront, et je ne veux pas mourir encore, moi.

MARCELINE, *se levant avec effroi.*

Les Bourguignons, dites-vous ? il faut fuir.

JEANNE.

Sans mon enfant... jamais !

MARCELINE.

Mes enfans... oh ! je les porterai jusqu'à Beauvais, s'il le faut, mais l'étranger...

JEANNE.

Qu'en as-tu fait ?

MARCELINE.

Ah ! chez Hubert.

JEANNE.

Hubert ?

MARCELINE.

Oui, il y sera plus en sûreté ; car la porte ferme bien chez Hubert.

JEANNE.

La maison de cet Hubert, où est-elle ?

Les cris se rapprochent.

MARCELINE.

Les voilà, les voilà.

JEANNE.

Conduis-moi chez Hubert.

MARCELINE.

Mais ils nous tueront.

JEANNE.

Chez Hubert, te dis-je.

MARCELINE, *qui veut fuir.*

C'est la mort qui vient à nous.

JEANNE.

Eh bien ! elle nous frappera toutes deux, car tu ne passeras pas.

Elle lui ferme la route.

MARCELINE.

Oh ! vous me faites peur.

JEANNE.

Peur ?... Ah ! non, je ne menace plus, je suis à tes genoux et je te supplie... Seigneur, Sei-

gneur, donnez-moi des accens qui lui arrivent au cœur et qui réveillent sa raison ! Demeure, te dis-je. Oh ! je te forcerai bien à te souvenir ; oui, j'aurai ce cruel courage : tiens, regarde autour de toi ; reconnais cette place ; c'est là qu'une balle est venue frapper ton Etienne... c'est sur cette pierre qu'il est tombé... ce sang est celui d'Etienne, n'est-ce pas ?

MARCELINE, *revenant à elle.*

Ah ! vous voulez donc me faire mourir ?

JEANNE.

Tu pleures ? Ah ! tu me comprends enfin, et maintenant tu me conduiras chez Hubert, n'est-ce pas ?

MARCELINE.

Oui, oui, venez. (*Au moment où Marceline saisit la main de Jeanne, des cris de* Vive Bourgogne ! *très-rapprochés se font entendre.*) Ce sont eux.

JEANNE.

Dieu nous garde... viens. (*Un coup de feu part, et la balle vient frapper Jeanne à l'épaule ; elle tombe en poussant un cri.*) Ah !

MARCELINE.

Ils l'ont tuée, ils me tueraient aussi, et il me reste un enfant.

En apercevant les Bourguignons qui traversent le fond en courant, Marceline fuit et abandonne Jeanne, qu'elle croit morte. Les Bourguignons ont traversé le fond sans apercevoir Jeanne.

SCENE IX.

JEANNE, *seule.*

Elle se relève à demi ; elle est blessée à l'épaule.

Femme, femme... ne m'abandonne pas... Je ne la vois plus ; elle a eu peur et m'a laissée seule... Eh bien ! seule, je parcourrai ce village, j'ouvrirai chacune de ces portes, je visiterai chacune de ces chaumières... allons. (*Elle essaie de se relever, puis retombe.*) D'où vient que la force me manque ? d'où vient cette douleur ? (*Elle porte la main à son épaule.*) Ah ! du sang ! du sang ! je me souviens, une balle m'a frappée là... Mais c'est affreux ! Mon enfant à quelques pas de moi, se meurt de froid et de faim, et je ne puis rien... rien pour le sauver... Oh ! il le faut cependant. (*Elle s'arrête.*) Ah ! la douleur est plus forte que ma volonté. Le sang coule toujours, un froid mortel me glace. Mon Dieu, je suis mère... mon Dieu, laissez-moi vivre encore une heure ! Mon enfant ! mon enfant !

Elle tombe évanouie.

SCENE X.

JEANNE, RENÉ, SOLDATS BOURGUIGNONS.

RENÉ.

Qu'on se batte là-bas ; nous, camarades, achevons ce que le seigneur de Villiers est venu interrompre : au pillage toutes ces maisons !

TOUS.

Oui, oui, au pillage !

Ils se dispersent dans les différentes maisons; deux entrent dans la métairie; René se dispose à entrer dans la maison d'où Jeanne a cru entendre sortir la voix de son enfant; mais René et les siens s'arrêtent en apercevant Jeanne évanouie près du seuil.

RENÉ.

Une femme, blessée mortellement, peut-être .. une balle perdue sera venue la frapper.

UN SOLDAT.

Laissons là cette femme.

RENÉ.

Non pas, mordieu ! elle est jolie. Aidez-moi, vous autres.

Ils posent Jeanne sur un banc en face la maison d'Hubert; en ce moment quelques Bourguignons reviennent avec Bonaventure.

LE SOLDAT.

Voilà un prisonnier, c'est le seul que nous ayons pu ressaisir des fuyards de tantôt.

BONAVENTURE.

Si j'avais eu seulement un bâton, vous ne me tiendriez pas encore, mes maîtres; c'est pourtant par bonté d'ame que je me suis fait prendre : j'ai voulu retourner sur mes pas pour m'assurer que mon oncle n'était plus dans ce village... fameuse idée que j'ai eue là !

LE SOLDAT.

Qu'est-ce que c'est que ton oncle?

BONAVENTURE.

Un vieil égoïste qui ne donnerait pas un écu pour me racheter; un oncle parfaitement inutile.

RENÉ.

Elle est toujours dans le même état; ce jeune manant sera peut-être plus avisé que nous pour soigner cette belle évanouie.

BONAVENTURE.

J'essaierai du moins... que vois-je? Jeanne !

RENÉ.

Tu connais cette jeune fille ?

BONAVENTURE.

Jeanne, blessée... morte.

RENÉ.

Non, elle respire encore, et j'espère que nous n'aurons pas fait une prise inutile.

BONAVENTURE.

Cette femme est votre prisonnière... Oh ! mais on peut la racheter, n'est-ce pas?

RENÉ.

Sans doute.

BONAVENTURE, *à part.*

La cassette de mon oncle... mais... où est-elle? Oh ! je retournerai tout son jardin s'il le faut. (*Haut.*) Messieurs les Bourguignons, n'approchez pas de cette jeune fille, je vous paierai sa rançon.

RENÉ.

Cette jeune fille est à moi, elle me plaît, et je ne l'échangerai que contre de bons écus comptant.

BONAVENTURE.

Je vous donnerai tout ce que vous voudrez, mais laissez-moi la secourir d'abord.

Bonaventure retourne près de Jeanne; à ce moment on entend la voix de Galland, puis on le voit sortir par le soupirail.

SCÈNE XI.

LES MÊMES, GALLAND, *sortant par le soupirail.*

GALLAND.

A l'aide ! à l'aide ! je suis pris ! je me rends à discrétion !

BONAVENTURE.

Mon oncle ! voilà la première fois qu'il arrive à propos.

GALLAND.

Bonaventure ! oh ! sauve-moi, mon garçon !

RENÉ.

Quel est cet homme? que faisait-il là-dedans ?

GALLAND.

J'avais peur, je tremblais de tous mes membres, quand on est venu me déranger.

BONAVENTURE.

Rassurez-vous, mon oncle; si vous le voulez, nous sortirons d'ici sans y laisser un cheveu.

GALLAND.

Tu crois ?... oh ! ce garçon-là est mon bon génie !

BONAVENTURE.

Elle revient à elle. Oh ! d'ailleurs, je la porterai s'il le faut. Voyons, messieurs de Bourgogne, que vous faut-il pour la rançon de cette jeune fille?

GALLAND.

Tiens ! c'est Jeanne !

RENÉ.

Vingt écus d'or !

BONAVENTURE.

Et pour la mienne ?

RENÉ.

La moitié.

BONAVENTURE.

Quant à mon oncle, en l'estimant trois écus, je crois que je ne vous vole pas. Total, trente-trois écus d'or qu'on va vous donner.

GALLAND.

Quel est l'homme généreux... ?

BONAVENTURE.

Vous, mon oncle.

GALLAND.

Moi ?...

BONAVENTURE.

N'hésitez pas, car si vous m'y forcez, je dirai que votre cassette contient le double de cette somme.

RENÉ.

Allons, brave homme, payez et partez.

GALLAND.

Mais ce garçon vous trompe; je n'ai rien, absolument rien.

BONAVENTURE.

Oh ! pauvre Jeanne ! il la sacrifierait... Messieurs les Bourguignons. Bonaventure Galland n'a jamais menti... mon oncle m'y force, je parlerai.

GALLAND.

Pendez-le pour notre rançon, voilà tout ce que je puis faire.

BONAVENTURE.

Merci, mon oncle; votre cassette conviendra beaucoup mieux à ces braves gens que ma chétive personne.

RENÉ.

Il a une cassette!

BONAVENTURE.

Oui, qu'il a enterrée dans le jardin de cette métairie.

GALLAND.

Ça n'est pas vrai.

RENÉ.

Camarades, conduisez ce vieil avare dans son jardin et frappez-le du cuir de vos ceinturons jusqu'à ce qu'il s'exécute.

GALLAND.

Vous me tuerez plutôt.

RENÉ.

Entraînez-le.

On emmène Galland.

SCENE XII.

LES MÊMES, *excepté* GALLAND.

BONAVENTURE.

Comme d'ordinaire, il se décidera trop tard.

JEANNE.

Où suis-je?

BONAVENTURE.

Vous êtes près d'un ami.

JEANNE.

Un ami!

BONAVENTURE.

Oui, Bonaventure Galland, qui vous ramènera à Beauvais, qui vous conservera au seigneur de Villiers.

RENÉ.

Vive Dieu! qu'elle est belle! le marché ne tient pas... je n'avais pas vu ses yeux.

BONAVENTURE.

J'ai votre parole et vous n'y manquerez pas... Oh! mon oncle!... que fait mon oncle? l'amour de l'or lui aurait-il donné du courage?

SCENE XIII.

LES MÊMES, GALLAND, UN SOLDAT, RENÉ.

LE SOLDAT, *revenant.*

Voilà la cassette! le vieux n'a cédé qu'au vingtième coup de ceinturon.

GALLAND.

Au vingt-cinquième! je les ai comptés.

BONAVENTURE.

Je vous reconnais bien là, mon oncle. Messieurs les Bourguignons, cette cassette renferme le double de la somme convenue : nous sommes libres, n'est-ce pas?

RENÉ.

Oui, oui.

GALLAND.

Un moment! je veux qu'on me rende la différence.

RENÉ.

Tout est à nous.

BONAVENTURE.

Une autre fois vous vous déciderez plus vite. Partons! venez, Jeanne, appuyez-vous sur moi.

JEANNE.

Où me conduisez-vous?

BONAVENTURE.

A Beauvais.

JEANNE.

Non, non, je veux rester ici.

BONAVENTURE.

Y pensez-vous?

JEANNE.

Je veux rester, vous dis-je.

GALLAND.

Alors c'est une rançon de moins à payer!

BONAVENTURE.

Oh! elle est en délire, et, s'il le faut, j'emploierai la force.

RENÉ.

Un moment... cette jeune fille est libre, nous ne la retenons pas; mais nous ne souffrirons pas qu'on l'emmène contre son gré. Elle refuse de te suivre, pars donc sans elle.

BONAVENTURE.

Jamais!

RENÉ.

Oh! que de façons! camarades, chassez d'ici ces deux hommes.

BONAVENTURE, *à part.*

Laisser Jeanne en leur pouvoir!... oh! je reviendrai!

GALLAND.

Et moi, je ne reviendrai pas.

SCENE XIV.

LES MÊMES, *excepté* BONAVENTURE *et* GALLAND.

JEANNE.

Ah! que je souffre! Mon Dieu! donne-moi la force d'accomplir le devoir qui m'amène ici.

RENÉ.

Eh bien! la belle, comment nous trouvons-nous?

JEANNE.

Des Bourguignons! je suis au pouvoir des Bourguignons!

RENÉ.

Votre rançon a été payée; vous pouviez partir tout-à-l'heure avec ceux qui vous ont rachetée.

JEANNE.

Partir, oh! non pas.

RENÉ.

Vous nous êtes restée, et vive Dieu! j'en ai l'âme joyeuse... car vous me plaisez, la belle, et je donnerais les écus d'or de votre rançon pour un baiser de vous. Où allez-vous donc?

JEANNE.

Ma rançon est payée... je suis libre, avez-vous dit... livrez-moi passage.

RENÉ.

Faible et blessée comme vous êtes, vous ne pourrez faire dix pas sans l'appui d'un bras ferme et dévoué; je vous offre le mien; la belle.

Il veut l'embrasser.

JEANNE, *lui arrachant sa dague.*

Arrière... infâme... arrière...

RENÉ.

Voyez-vous, camarades, cette héroïne qui me refuse un baiser et qui me prend ma dague?... Rends-moi ce poignard, qu'en feras-tu?

JEANNE.

Je m'en frapperai, si je trouve sur ma route un soldat assez lâche pour insulter une femme.

RENÉ.

Eh bien! je te le laisse en souvenir de moi. A la besogne, nous autres! voilà une maison d'assez belle apparence, je vais la visiter... Ah! je n'ai pas besoin de vous pour voir ce que les manans nous ont laissé.

Il entre seul dans la maison d'Hubert.

JEANNE.

Que Dieu me seconde maintenant dans mes recherches!

RENÉ, *paraissant au balcon.*

Dites donc, vous autres, grande trouvaille! les manans n'ont pas tout enlevé, ils nous ont laissé un trésor.

TOUS.

Un trésor!

RENÉ.

C'est un enfant.

JEANNE, *qui allait partir.*

Un enfant! un enfant, avez-vous dit?

RENÉ.

Il était là, endormi, épuisé par le besoin... Tenez, le voilà... qui en veut?

Il s'apprête à le jeter.

JEANNE, *poussant un cri et tombant à genoux.*

Ah! arrêtez! cet enfant, cet enfant est à moi.

RENÉ.

A toi, si orgueilleuse et si prude!...

JEANNE.

Il est à moi, vous dis-je... c'est mon enfant que j'étais venu chercher ici... il existe... il existe... Oh! vous ne le tuerez pas sous les yeux de sa mère! non, vous ne ferez pas cela.

RENÉ.

Eh bien! viens me le reprendre.

JEANNE, *portant la main à son poignard.*

Attends-moi donc, misérable... j'y vais, j'y vais.

Jeanne, comme si une pensée soudaine l'éclairait, traverse le théâtre et entre dans la maison; d'un regard imposant elle a retenu les soldats bourguignons qui d'abord la voulaient suivre.

SCENE XV.

SOLDATS BOURGUIGNONS, JEANNE et RENÉ, *dans la maison.*

UN BOURGUIGNON.

Diable! quel regard de reine!.. elle m'a cloué à ma place...

UN AUTRE.

Bah! René ne s'effraiera pas, lui, et je gage que la belle sortira de la maison douce comme une brebis. (*On entend un cri.*) Qu'est-ce que cela?

JEANNE, *dans la maison.*

Arrière, misérable! (*Un second cri se fait entendre. René paraît sur le balcon, poussé par Jeanne qui le poignarde.*) Tiens, voilà sa rançon...

RENÉ.

A moi!... à moi!... vengeance!...

LES SOLDATS.

Vengeance!...

Ils se pressent vers la porte.

UN SOLDAT.

Fermée... impossible de l'ouvrir...

UN AUTRE.

Eh bien! brûlons la maison.

Dans ce moment Bonaventure paraît sur la montagne suivi des soldats de Beauvais.

UN SOLDAT.

Oui, le feu! le feu!

TOUS.

Le feu!.. le feu!..

Quelques-uns entrent dans la cour de la maison.

SCENE XVI.

LES MÊMES, BONAVENTURE, SOLDATS DE BEAUVAIS.

BONAVENTURE.

A moi, camarades! sauvons Jeanne Laîné...

UN SOLDAT, *qui a mis le feu.*

Elle est dans cette maison qui brûle, et vous n'arriverez pas jusqu'à elle.

TOUS.

Non, non...

BONAVENTURE.

En avant pour Jeanne Laîné...

On se bat: les Beauvoisins sont repoussés d'abord, et les combattans disparaissent un moment; c'est alors que Jeanne paraît à une fenêtre placée sur l'avant-scène.

JEANNE.

Le feu!.. le feu!.. Mon Dieu, protégez mon enfant... oh! cette fumée l'étouffe... oh! le sauver ou mourir avec lui!

L'ENFANT.

Maman, j'ai peur.

JEANNE.

Ne crains rien, mon enfant, et tais-toi, tais-toi.

Elle l'embrasse, l'attache à un drap, et le descend dans la cour; puis, elle se suspend à ce drap, et disparaît à son tour derrière le mur. Bonaventure paraît, repoussant à son tour les Bourguignons, qui se replacent devant la maison pour en défendre l'entrée; la route se trouve ainsi libre et protégée par les Beauvoisiens.

BONAVENTURE.

Courage, amis! c'est là qu'est Jeanne, c'est là qu'il faut arriver.

LE BOURGUIGNON.

Vous ne passerez pas.

En ce moment le toit de la maison se brise et s'abîme; cri d'effroi des Beauvoisiens, qui s'arrêtent.

UN SOLDAT DE BOURGOGNE.

René est vengé! Jeanne est morte.

JEANNE, paraissant au fond.

Amis... sauvez, sauvez mon enfant.

Jeanne gravit la route; elle est protégée par les Beauvoisiens, qui se trouvent alors entre elle et les Bourguignons.

TOUS LES BOURGUIGNONS.

La voilà! la voilà!

Les Soldats de Beauvais leur barrent le passage.

BONAVENTURE.

A notre tour, mes gaillards, de vous dire : Vous ne passerez pas.

TOUS.

Vous ne passerez pas.

La mêlée devient générale.

ACTE QUATRIEME.

Premier Tableau.

Le même décor qu'au deuxième acte : c'est-à-dire, à gauche de l'acteur, la maison de Jeanne, au premier plan ; plus loin, une boutique de boulanger. A droite, au premier plan, l'hôtel de de Villiers; au troisième plan, la maison de Galland. Au fond, la porte de Presles avec herse et pont-levis ; le rempart. Un placard est collé sur la porte du boulanger.

SCENE PREMIERE.

La SENTINELLE, puis SIRE HUGONNET, DEUX INCONNUS vêtus misérablement.

Au lever du rideau il fait encore nuit. Une sentinelle paraît de temps en temps sur le rempart.

LA SENTINELLE.

Sentinelle, veillez! (A la cantonnade.) Sentinelle, veillez !

Ce cri se répète au loin, et puis s'éteint. La sentinelle continue à se promener et ne remarque pas trois hommes qui arrivent sur la place; l'un de ces hommes est couvert d'un manteau de couleur brune ; son visage est caché sous un masque de velours noir ; l'un des inconnus conduit l'homme masqué jusqu'à la porte du boulanger.

PREMIER AFFIDÉ, montrant le placard.

Voyez, maître.

HUGONNET.

Bien.

PREMIER AFFIDÉ.

Ainsi que vous avez pu vous en assurer vous-même, vos ordres ont été scrupuleusement exécutés.

HUGONNET.

Qui de vous s'est chargé du message au duc de Bourgogne?

PREMIER AFFIDÉ.

Lui. Il a vu le duc en personne.

HUGONNET.

La preuve de ce que tu dis?

PREMIER AFFIDÉ.

La voilà.

Il lui montre une bague.

HUGONNET.

Oui. Cette bague est bien marquée aux armes du duc Charles. Quelle a été la réponse de monsieur de Bourgogne?

DEUXIÈME AFFIDÉ.

Que le signal soit donné, nous serons prêts.

PREMIER AFFIDÉ.

Vous êtes content, maître ?

HUGONNET, lui jetant une bourse.

Voilà la récompense promise.

PREMIER AFFIDÉ.

Vous payez bien, messire, c'est une justice à vous rendre... mais vos écus d'or ne nous empêcheraient pas d'être pendus si nous étions découverts... et si pour nous votre fortune est une réalité, votre pouvoir est encore un doute.

HUGONNET.

N'est-il pas tout-puissant celui qui est allé chercher dans le fond de leur cachot deux misérables bandits et qui leur a pu dire : Vous êtes libres? Que craignez-vous à me servir? la potence ! sans moi vous y seriez déjà tous deux, car vous étiez condamnés.

PREMIER AFFIDÉ.

C'est vrai, mais cependant nous voudrions connaître celui que nous servons.

HUGONNET.

Mieux vaut pour vous voir son or que son visage... Il faut nous séparer.

PREMIER AFFIDÉ.

Ce sera prudent... car cette place sera bientôt couverte de monde... les premiers bourgeois qui mettront le nez à l'air feront piteuse mine en lisant ce placard, et le sire gouverneur aura beau vacarme à son réveil.

HUGONNET.

Hâtez-vous de rentrer dans l'asile que je vous ai trouvé, et attendez là de nouveaux ordres.

PREMIER AFFIDÉ.

Ainsi vous nous promettez protection contre le sir gouverneur, par exemple.

HUGONNET.

Oui, je vous la promets... allez.

Les affidés sortent.

SCENE II.

HUGONNET, seul.

Je suis seul... (Otant son masque.) Respirons... Peu confiant dans le zèle de ces deux ames vendues, je suis sorti de mon hôtel; à la faveur de la nuit et caché sous ce masque, j'ai pu surveiller l'exécution des ordres que j'avais donnés... tout va bien... Avant de quitter la ville et suivant mon conseil, le roi a fait ouvrir les portes aux habitans des campagnes qui demandaient un asile à l'abri de nos remparts. Ainsi que je l'avais prévu, les provisions de vivres faites pour un mois ont été dévorées en quelques jours par ces nombreux défenseurs... ce matin tous ces pauvres paysans apprendront qu'il n'y a plus de vivres dans les magasins : que feront-ils alors? ceux-là n'ont pas ici leurs foyers à défendre; de tous leurs biens, ils n'ont sauvé que leurs femmes et leurs enfans; avant de vouloir conserver une ville à Louis XI, ils voudront donner du pain à leurs familles, et, voyant le roi de France hors d'état de leur en donner, ils en iront demander au duc de Bourgogne. Si, contre mon attente, ils n'exigent pas la reddition de la ville, je sais que les Bourguignons ont un poste avancé au bois de Presles; je sais qu'ils sont prêts à attaquer au signal convenu... Eh bien, ce signal, je le donnerai... car l'armée de Louis de France approche, et il faut à tout prix que demain je puisse demander au duc Charles l'accomplissement de ses magnifiques promesses. Le jour se lève, évitons les regards et rentrons.

Il sort par une des rues à droite.

SCENE III.

LA SENTINELLE, sur le rempart; puis JEANNE et BONAVENTURE.

LA SENTINELLE.

Par saint Jean ! la nuit a été froide.

BONAVENTURE, sortant de la maison de Jeanne et s'arrêtant sur le seuil de la porte.

Je vous le répète, Jeanne, vous n'avez plus rien à craindre pour la vie de votre enfant. Depuis trois jours et trois nuits vous n'avez pas quitté son chevet... maintenant que sa fièvre s'est éteinte, que le sommeil répare ses forces, prenez à votre tour quelques instans de repos.

JEANNE.

En veillant sur mon fils, je n'ai fait qu'accomplir un devoir... mais vous, bon jeune homme...

BONAVENTURE.

Pouvais-je vous laisser souffrir et pleurer seule ? L'existence de votre enfant est encore un secret pour tous, et ce secret, le hasard me l'a fait découvrir à Troissereux; j'ai compris qu'une mère seule pouvait faire ce que vous avez fait; j'ai compris encore que vous n'osiez appeler personne pour vous aider à secourir l'enfant que vous veniez d'arracher faible et mourant aux mains des Bourguignons; j'ai compris tout cela, et je suis venu à vous; je vous ai dit : A mon âge, on n'est ni calomniateur ni méchant; laissez-moi franchir le seuil de votre porte; devant moi ne retenez plus vos larmes; devant moi couvrez de caresses, entourez de soins votre pauvre enfant malade. La mort vous a enlevé votre père, l'exil vous a pris votre époux, votre infortune vous donne un frère, vous avez eu confiance, vous m'avez tendu la main, et vous avez moins souffert, car quelqu'un était là qui souffrait avec vous.

JEANNE.

Oui, votre présence, vos franches et loyales paroles ont soutenu mon courage.

BONAVENTURE.

Rentrez, Jeanne, car cet air du matin est froid et humide.

JEANNE.

Non, cette fraîcheur me ranime, et ma bonne tante est auprès de mon fils. Ami, nous ne nous séparerons pas sans avoir éclairci le doute affreux qui m'est venu... vous m'avez dit hier que Jacques vous avait sauvé la vie : où donc? comment? à quel titre? comme hier votre regard se détourne encore... mon Dieu ! ai-je deviné l'affreuse vérité? Jacques est-il donc dans le parti de Bourgogne?

BONAVENTURE, vivement.

Jeanne, je ne vous ai pas dit que cela fût.

JEANNE.

Mais vous n'avez pas voulu jurer que cela n'était pas... Ainsi donc mon amour, mon orgueil, ma gloire, Jacques enfin est un traître; entraîné par un aveugle désir de vengeance, il a manqué au plus saint des devoirs... il s'est fait déserteur et

infâme... Oh ! les Bourguignons ! les Bourguignons !
ils ont tué mon père, et ils déshonorent mon époux.
Oh ! pourquoi ne suis-je qu'une femme ?

BONAVENTURE.

On vient à nous, c'est une troupe de gens armés... rentrez, Jeanne, et n'accusez pas trop le sire
de Villiers, c'est un loyal et brave gentilhomme !

JEANNE.

Ami, cette nuit tu me guideras, nous irons chercher Jacques jusque dans le camp de Bourgogne ;
nous l'en arracherons ; oui, nous trouverons encore
de l'écho dans son ame en y jetant les mots sacrés
d'honneur et de patrie.

BONAVENTURE.

Nous irons, Jeanne ; car c'est ici, c'est dans nos
rangs qu'est la place du sire de Villiers. Mais on
vient ; rentrez, Jeanne, rentrez.

*Jeanne rentre ; André et quelques soldats de la garde bour-
geoise entrent en scène.*

~~~~~~

SCENE IV.

BONAVENTURE, ANDRÉ, LA SENTINELLE,
GARDES, BOURGEOIS.

BONAVENTURE.

Je ne me trompe pas, c'est André.

ANDRÉ.

Oui, camarade.

BONAVENTURE.

Ta blessure t'exemptait de tout service.

ANDRÉ.

Le Bourguignon m'a laissé encore du sang dans
les veines, et jusqu'à la dernière goutte il appar-
tient maintenant à la ville hospitalière qui s'est
ouverte pour ma femme et pour mon vieux père.

*On voit arriver de différens côtés des hommes et des
femmes se dirigeant vers la boutique du boulanger qui
est restée fermée : ces hommes et ces femmes s'arrêtent
en lisant le placard.*

BONAVENTURE, *après avoir serré la main d'André.*

Comme il fait grand jour, et que mon oncle dort
encore, il faut que je l'aille éveiller.

Il frappe à la porte.

GALLAND, *sortant de chez lui.*

D'où viens-tu, garnement ?

BONAVENTURE.

Je viens vous féliciter, mon cher oncle : j'ai appris que le sir gouverneur vous avait rendu les
clefs de la porte de Presle.

GALLAND.

Que, grâce à toi, j'avais perdues comme j'ai
perdu ma pauvre cassette.

BONAVENTURE.

Ne parlons pas des absens, mon oncle, et donnez-moi à déjeuner.

UNE FEMME.

A déjeuner ?... tu n'as donc pas lu la pancarte ?... en voilà du beau !... plus de pain.

TOUS.

Hein !

BONAVENTURE.

Allons donc !...

LA FEMME, *lui donnant le placard qu'elle vient
d'arracher.*

Lis ça tout haut, mon fils.

BONAVENTURE, *lisant.*

« Habitans de Beauvais, une plus longue résis-
» tance serait inutile ; n'attendez pas l'assaut que
» doit vous livrer le duc de Bourgogne ; il n'y a
» plus de blé dans les greniers de la ville. Dans
» deux jours vous serez tous sans pain. »

TOUS.

Ah !

GALLAND, *à Bonaventure.*

Et tu as le front de venir me demander à déjeuner ?

BONAVENTURE.

C'est un mensonge affiché là par quelque agent
du Bourguignon.

LA FEMME.

Vois : la boutique de maître Bernard reste
fermée ; preuve qu'il n'y a rien à vendre.

D'autres hommes et d'autres femmes arrivent.

LA DEUXIÈME FEMME.

Dites donc, vous autres, pas de pain chez le
compère Baudouin.

LA PREMIÈRE FEMME.

Il n'y en a plus nulle part. La pancarte disait
vrai.

BONAVENTURE.

Diable ! mourir de faim ; c'est triste.

ANDRÉ.

Il est un moyen d'avoir des vivres.

TOUS.

Quel est-il ?

ANDRÉ.

C'est d'aller en prendre aux Bourguignons.

GALLAND.

Je n'aurais pas trouvé celui-là.

ANDRÉ.

La généreuse hospitalité que vous avez donnée à vos frères des campagnes a causé ce qui
arrive : eh bien ! ils tenteront de réparer le mal
qu'ils ont fait. Plus de trois mille paysans sont
entrés avec moi dans Beauvais : qu'ils se dé-
vouent, qu'avec moi ils s'élancent dans les retranchemens ennemis, ils y trouveront la mort
pour eux, mais du pain pour vous.

BONAVENTURE.

Brave André, je serai des vôtres... il a raison,
mes compères... une vigoureuse sortie peut faire
lever le siége.

TOUS.

Oui, oui, il a raison.

SCENE V.

LES MÊMES, MARCELINE, *tenant son enfant par la main et suivie d'autres femmes et d'autres enfans.*

MARCELINE.

Au secours!... défendez-nous!

BONAVENTURE.

Qu'avez-vous, femme? qui vous menace?

MARCELINE, *à elle-même.*

Non, ce n'est pas un nouvel accès de folie...
(*Aux femmes.*) Vous l'avez entendu comme moi,
n'est-ce pas!... on nous chasse, nous et nos pauvres enfans!

ANDRÉ.

Vous chasser... et pourquoi?

MARCELINE.

Tout-à-l'heure nous étions devant l'hôtel de
ville, attendant la distribution de vivres qu'on
nous faisait d'ordinaire. Un homme est venu, et
cet homme nous a dit: Il n'y a plus ici de pain pour
vous; sortez donc de la ville, si vous ne voulez
pas qu'on vous en chasse. Je ne pouvais croire
ce que j'entendais; mais sur un geste de cet
homme, des soldats nous ont brutalement re-
poussées, en nous criant : Allez prendre vos enfans et partez avec eux. Nous n'étions là que des
femmes, et nous avons fui devant la menace ;
mais vous, vous êtes des hommes, et vous résis-
terez.

BONAVENTURE.

C'est une des lois de la guerre; ils appellent
cela renvoyer les bouches inutiles.

MARCELINE, *avec effroi.*

Tenez, le voilà, le voilà, cet homme.

SCENE VI.

LES MÊMES, UN HÉRAUT D'ARMES *suivi d'archers.*

LE HÉRAUT.

Au nom du gouverneur, et pour conserver à la
garnison le peu de vivres qui restent à délivrer,
ordre est donné aux vieillards, aux femmes et
aux enfans étrangers à la ville de sortir de Beauvais à l'instant même. Ordre est aussi donné aux
archers du roi de contraindre par la force tous
ceux qui refuseront d'obéir. Soldats, que la volonté du gouverneur soit faite.

Les archers font un mouvement vers les femmes, celles-ci
se jettent toutes du côté de la maison de Jeanne en prenant leurs enfans dans leurs bras ; André, Bonaventure
et quelques bourgeois se sont jetés entre les archers et
les femmes.

SCENE VII.

LES MÊMES, JEANNE.

JEANNE, *paraissant sur le seuil de la porte.*

Que se passe-t-il?

LE HÉRAUT.

Soldats, entrez dans ces maisons, et faites-en
sortir toutes les personnes désignées par le gouverneur.

Deux soldats veulent entrer dans la maison de Jeanne.

JEANNE.

Que voulez-vous?

BONAVENTURE.

Jeanne!

LE HÉRAUT.

Visiter cette maison.

JEANNE.

Qu'y cherchez-vous donc?

MARCELINE, *reconnaissant Jeanne et courant à elle,
à voix basse.*

Ah! femme! femme! si tu l'as pu sauver,
cache bien ton enfant.

LE HÉRAUT.

Jeanne, on nous a dit qu'un enfant était depuis
quelques jours dans votre maison. Si cela est
vrai, n'essayez pas de le soustraire à nos recherches. Cet enfant doit sortir de la ville comme
les autres; livrez-le-nous.

JEANNE.

Vous livrer cet enfant?

MARCELINE.

Pour qu'ils le jettent avec les nôtres aux Bourguignons. Le pain qui leur reste, disent-ils, ap-
partient aux soldats, et ils n'en ont plus pour
nous.

ANDRÉ.

Des soldats! où en trouveront-ils? Si cet ordre
odieux s'exécute, je ne me bats plus.

JEANNE, *comme frappée d'une pensée soudaine.*

Ah! (*Courant à André.*) Mais si ta femme,
qu'on veut chasser, restait dans la ville; si elle
combattait à tes côtés, ne sentirais-tu pas dou-
bler ton courage et tes forces?

BONAVENTURE.

Que dit-elle?

JEANNE, *au Héraut.*

Par grâce! suspendez l'exécution de l'ordre
cruel que vous avez reçu. Cet ordre sera rapporté
par le gouverneur lui-même. Ce que désire messire Hugonnet, c'est le salut de la ville... eh bien!
la ville sera sauvée... oui, Dieu le veut, car c'est
Dieu qui m'éclaire et m'inspire. Écoutez-moi
tous ; et d'abord pour bien me comprendre, con-
naissez-moi bien ; ne vous étonnez plus d'un pareil
langage dans la bouche d'une jeune fille ; le secret de sa force et de sa résolution est dans un
mot : cette jeune fille est mère !

TOUS.

Mère !

JEANNE.

Si vous ne voyez pas monter la rougeur à son
front en vous faisant cet aveu, c'est que l'honneur de la jeune fille n'est plus rien auprès de la
vie de son enfant.

TOUS.

Son enfant!

JEANNE.

Et cet enfant, je suis allée l'arracher moi-même aux mains des Bourguignons, je le leur ai payé de mon sang. On ne vous a pas trompés; il est là, cet enfant; mais n'espérez pas que je me soumettrai à l'arrêt barbare du gouverneur. Au nom de toutes les mères que frappe cet arrêt, je vous crie : Nous ne livrerons pas aux bourreaux de Bourgogne l'enfant que Dieu nous a donné. Il ne reste plus, dites-vous, que pour deux jours de vivres; c'est assez pour qui veut vaincre ou mourir. Si l'ennemi nous donne enfin cet assaut dont il nous menace, qu'il trouve des soldats déterminés là où il ne croira trouver qu'une faible résistance; ou, s'il attend que la faim lui livre sa proie sans combat, ouvrez alors toutes les portes de votre ville; élancez-vous sur les retranchemens ennemis, et pour repousser l'assaut comme pour attaquer le camp de Bourgogne, vous aurez, je vous le jure, d'énergiques auxiliaires. Ces femmes, qu'on veut chasser comme un embarras inutile, ces femmes seront près de vous; sur le champ de bataille ou sur la brèche, elles marcheront à vos côtés; elles combattront s'il le faut. Je leur donnerai l'exemple, moi. Rappelez-vous qu'une femme a déjà sauvé la France; comme cette femme je m'appelle Jeanne, et plus que cette femme, j'ai mon enfant à défendre.

BONAVENTURE.

Qu'allez-vous faire, Jeanne?

JEANNE.

Femmes, me suivrez-vous?

MARCELINE.

Oui, Jeanne, partout.

JEANNE.

Eh bien donc! à l'hôtel du gouverneur; nous lui demanderons non pas du pain, mais des armes. Une mère ne fera pas moins pour son enfant qu'un soldat pour son drapeau. Si vous savez combattre, nous saurons mourir. Des armes!

TOUTES.

Des armes!...

Elle sort, suivie de Bonaventure, des hommes et des femmes du peuple.

SCENE VIII.

GALLAND, ANDRÉ, SOLDATS de la garde bourgeoise qui défendent la porte de Presle.

ANDRÉ.

Je n'espérais plus; mais quelque chose me dit à présent que cette femme nous sauvera.

GALLAND.

Pauvre fille!... elle se trouvera mal au premier coup d'arquebuse... je connais ça, moi... Oh! tout ça finira mal... C'est donc vous qui gardez la porte de Presle aujourd'hui, compère Dominé?

DOMINÉ.

Oui, maître Galland; c'était le tour du quartier Saint-Jean de fournir les hommes de ce poste.

Ici on entend une cloche d'alarme.

GALLAND.

Qu'est-ce que c'est que ça?

ANDRÉ, qui est sur le rempart.

C'est le tocsin... L'ennemi nous attaquerait-il?

SCENE IX.

LES MÊMES, PREMIER AFFIDÉ.

PREMIER AFFIDÉ.

Le feu, le feu!

TOUS.

Le feu!

GALLAND.

Où ça?

PREMIER AFFIDÉ.

Dans le quartier Saint-Jean.

DOMINÉ.

C'est le nôtre.

PREMIER AFFIDÉ.

Il est en flammes.

DOMINÉ.

Miséricorde! que faire?... Laisserons-nous brûler nos maisons et nos marchandises?... Non, non... La porte de Presle est bien fermée; elle se gardera toute seule... Au feu, mes amis! au feu!...

Ils sortent en courant, André seul est resté.

GALLAND.

C'est ça... courez au feu... je vais rentrer chez moi.

Il sort.

PREMIER AFFIDÉ, regardant André.

Tous, m'avait-on dit, habitaient le quartier Saint-Jean; d'où vient que celui-là reste impassible?... (Haut.) Eh! camarade, vous n'êtes donc pas de la paroisse Saint-Jean?

ANDRÉ.

Toute ma famille y a trouvé un asile... Que Dieu la protège!

PREMIER AFFIDÉ.

Pourquoi n'y courez-vous pas comme les autres?...

ANDRÉ.

Parce que ma place est ici, et non là-bas.

PREMIER AFFIDÉ.

Mon brave, il n'y a pas de consigne qui tienne en pareille occurrence... Vous ne voulez pas abandonner votre poste?... Eh bien! j'y resterai à votre place.

ANDRÉ.

Ah! je n'ai pas le courage de refuser votre offre... Tenez, tenez, camarade, voilà ma hallebarde... je viendrai vous la redemander tout-à-l'heure... Merci, merci!...

PREMIER AFFIDÉ.

C'est bien!... Allez... allez!.

André sort en courant.

SCÈNE X.

PREMIER AFFIDÉ, *puis* **DEUXIÈME AFFIDÉ.**

PREMIER AFFIDÉ.

Me voilà maître du poste... Le placard n'ayant pas eu le succès qu'on en attendait, nous avons reçu de nouveaux ordres... Robert en ce moment doit s'emparer des clefs de cette porte... Le gardien est un vieux poltron qui n'a dû faire aucune résistance... Ah! te voilà!

DEUXIÈME AFFIDÉ.

Tout le monde est occupé, soit sur la place, où l'on distribue des armes aux femmes de Beauvais, soit dans la rue Saint-Jean, où notre feu fait merveille... et pendant ce tumulte, j'ai pu facilement m'emparer des clefs.

PREMIER AFFIDÉ.

Le gardien?...

DEUXIÈME AFFIDÉ.

Garrotté, bâillonné; nous pouvons agir.

PREMIER AFFIDÉ.

Hâtons-nous... La nuit nous favorise... Levons la herse d'abord... Peste, elle est lourde!... Abattons le pont-levis... et maintenant, Robert, cours au-devant des Bourguignons... dis-leur qu'ils se hâtent... un instant de retard peut tout perdre... Je vais placer sur la porte le drapeau aux armes de Bourgogne... Nous jouons gros jeu; mais si nous réussissons, la récompense sera bonne. Va!

Le deuxième Affidé sort ; le premier Affidé disparaît pour gravir un escalier qui mène au rempart et qui est supposé être dans la coulisse.

SCÈNE XI.

BONAVENTURE, JEANNE, *armée d'une hachette.*

La nuit est tout-à-fait venue.

JEANNE.

Je te l'ai dit : au prix de tout mon sang, je veux effacer la honte que la trahison de Jacques imprimerait au front de notre enfant... Un dernier baiser à mon fils, un adieu à ma bonne tante; et puis Jeanne ne sera plus qu'un soldat.

Elle entre chez elle.

BONAVENTURE.

Son exemple a électrisé tout le monde, et le Bourguignon n'a qu'à se bien tenir... Dieu me

pardonne... ce poste est abandonné!... là herse est levée... le pont-levis abattu... Que veut dire cela? (*A ce moment, le premier Affidé paraît sur le rempart, et déploie son drapeau.*) Un drapeau aux armes de Bourgogne!... Ah! traître!... à toi d'abord.

Il disparaît à son tour par le chemin qu'a pris l'Affidé ; aussitôt arrivent des Bourguignons, qui s'avancent avec précaution sous la conduite de l'autre Affidé; un chef à la visière baissée le précède.

SCÈNE XII.

DEUXIÈME AFFIDÉ, LE CHEF BOURGUIGNON,
SOLDATS BOURGUIGNONS.

DEUXIÈME AFFIDÉ.

Vous vous êtes trop pressé, capitaine; les autres sont encore loin; il faut les attendre.

LE CHEF BOURGUIGNON.

Emparons-nous d'abord de cet hôtel; c'est le mien... Nous pourrons nous y retrancher et nous y défendre.

Il entre dans l'hôtel suivi de quelques Bourguignons, les autres attendent avec anxiété leurs camarades.

JEANNE, *sortant de chez elle et à part.*

Que vois-je?... la croix de Bourgogne!... Trahison!... trahison!

PREMIER AFFIDÉ, *sur la porte.*

J'arbore le signal.

BONAVENTURE, *paraissant derrière l'Affidé et le frappant de sa dague.*

Ils ne le verront pas.

L'Affidé tombe en dehors, et Bonaventure arrache le drapeau et le renverse.

DEUXIÈME AFFIDÉ.

Voilà du renfort!

JEANNE, *à haute voix.*

Il arrivera trop tard...

Et renversant tout ce qui veut l'arrêter, elle arrive à la porte, et d'un coup de sa hachette tranche la corde qui retenait la herse, la herse retombe.

BONAVENTURE, *encore sur le rempart.*

Bravo, Jeanne!... ils sont à nous!

A ce moment, le Chef bourguignon sort de l'hôtel.

DEUXIÈME AFFIDÉ, *au Chef.*

Capitaine, nous sommes perdus!... Mort à cette femme!

BONAVENTURE, *s'élançant à corps perdu du haut du rempart, et se plaçant à côté de Jeanne.*

Mort à tous deux, alors!

Les soldats vont s'élancer sur Jeanne.

LE CHEF BOURGUIGNON, *avec exaltation.*

Arrêtez!... arrêtez!

DEUXIÈME AFFIDÉ.

Que faites-vous, capitaine?... On accourt... sauve qui peut!

Il disparaît.

SCÈNE XIII.

LES MÊMES, ANDRÉ, SOLDATS *et* BOURGEOIS.

Les Bourgeois arrivent avec des armes et des torches, et s'élancent sur les Bourguignons; après une lutte d'un instant, les Bourguignons sont renversés; le Chef bourguignon seul est encore debout, et repousse tous ceux qui veulent s'emparer de lui.

JEANNE, *accourant.*

Je demande la vie de cet homme; car il pouvait me tuer, et il ne l'a pas fait.

JACQUES.

Arrière tous!... (*levant la visière*) ce n'est qu'à cette femme que je rendrai mon épée.

JEANNE.

De Villiers!

TOUS.

De Villiers !

BONAVENTURE.

Gloire à Jeanne, qui nous a sauvés!

DOMINÉ.

Mort au sire de Villiers, qui nous a trahis !

Les épées se lèvent sur de Villiers; mais Jeanne lui fait un rempart de son corps.

Deuxième Tableau.

L'intérieur d'une salle basse de l'hôtel-de-ville.

SCÈNE PREMIÈRE.

JACQUES, BONAVENTURE, ANDRÉ, GARDES BOURGEOISES.

Au lever du rideau, un grand tumulte se fait entendre, Jacques est jeté dans la salle par Bonaventure et André, comme si ces derniers venaient de l'arracher à la foule qui le poursuit.

BONAVENTURE.

Grâce à Dieu et à Jeanne, nous sommes arrivés. (*Aux Gardes bourgeoises.*) Camarades, repoussez avec vos hallebardes ces endiablés criards. (*Le bruit s'éloigne et s'éteint.*) Ici vous n'avez rien à craindre, messire. Les murs de l'hôtel-de-ville sont solides, et toutes les portes en sont closes et bien gardées.

JACQUES.

Pourquoi cherches-tu à me rassurer? m'as-tu vu changer de visage quand cette foule s'est ruée sur moi en proférant des cris de mort? Pourquoi t'es-tu jeté entre ma poitrine et les poignards de ces hommes?

BONAVENTURE.

Ces hommes vous auraient assassiné.

JACQUES.

Eh bien ! ils auraient fait justice : n'ai-je pas déserté leur cause? n'ai-je pas la croix de Bourgogne sur le cœur? de quelles autres preuves avaient-ils besoin pour me condamner; et quand l'arrêt est équitable, qu'importe que le juge se fasse bourreau?

BONAVENTURE.

Vous étiez désarmé et sous notre garde; André et moi nous nous serions fait tuer avant qu'on vous eût pu faire une égratignure. Quoi que vous en disiez, messire, la colère juge mal. Aussi, par ordre du gouverneur, les notables de la ville vont s'assem-bler pour prononcer sur votre sort. Ceux-là du moins vous entendront.

JACQUES.

Je n'ai rien à leur dire... rien d'ailleurs ne peut me justifier à leurs yeux... la sainte mission que je m'étais imposée ne sera pour eux qu'une lâche apostasie. Dans le fils qui voulait venger son père, ils ne devront voir que le rebelle armé contre son pays; et ce que mérite un rebelle, c'est la mort.

BONAVENTURE.

Si vous refusez de vous défendre, d'autres élèveront la voix pour vous. Je serai de ceux-là, lui aussi (*montrant André*); car vous nous avez sauvés.

ANDRÉ.

Messire, je vous dois la vie de mon vieux père, de ma femme; je ne l'oublierai pas.

JACQUES.

Ne tentez rien pour moi... qui lève l'étendard de la révolte doit vaincre ou savoir mourir.

BONAVENTURE, *bas.*

Viens, André; avec l'aide de Jeanne, nous le sauverons malgré lui.

Il sort.

SCÈNE II.

JACQUES, *seul.*

Jeanne ! c'est le nom de Jeanne qu'ils ont prononcé! n'était-ce donc point un rêve? Était-ce donc bien Jeanne qui s'est dressée devant moi à la porte de Presle? Est-ce bien Jeanne que j'ai vue? En pénétrant en ennemi dans cette ville qui fut mon berceau, mon cœur battait à m'étouffer; j'avais baissé la visière de mon casque pour qu'on ne vît pas la rougeur qui me montait au front. En vain la voix de mon père me criait : Vengeance,

Une voix plus forte me criait : Trahison ! Et pour ne plus l'entendre, cette terrible voix, il me fallait le tumulte d'un combat. J'appelais de tous mes vœux un adversaire ; un obstacle enfin s'offre à moi, je m'élance pour le briser ; et cet adversaire qui m'attend et me brave... cet adversaire, c'est Jeanne... non plus la timide jeune fille, mais Jeanne haletante et furieuse comme moi... Jeanne altérée comme moi de sang et de carnage... Jeanne opposant enfin sa hache d'armes à mon épée. Oh ! mon Dieu, l'aviez-vous donc placée là, cette femme, pour m'arrêter dès les premiers pas sur la route où je me suis jeté ! Ne devais-je donc pas venger le meurtre de mon père?... ne devais-je donc pas tenter d'effacer avec du sang la tache imprimée sur notre nom ?

SCÈNE III.

JACQUES, JEANNE.

JACQUES.

Jeanne... c'est elle ! Ah ! tu viens à moi, pour me dire : Jacques je ne te connais plus.

JEANNE.

Je viens te dire : Jacques, notre enfant existe.

JACQUES.

Il existe ! O mon Dieu, vous me deviez ce bonheur au milieu de tant d'afflictions, entre la tombe flétrie de mon père et l'échafaud qui se dresse pour moi, vous me deviez montrer mon enfant. Oh ! Jeanne, avant de mourir je le verrai, je l'embrasserai, n'est-ce pas ?

JEANNE.

Tu ne mourras pas, Jacques.

JACQUES.

Que dis-tu ?

JEANNE.

Au conseil des notables réunis pour prononcer sur ton sort, j'ai demandé ta grâce.

JACQUES.

Ils ne pourront pas te l'accorder.

JEANNE.

Ils ne peuvent rien me refuser, car ce peuple qui te menaçait tout-à-l'heure, et te voulait égorger, ce peuple viendrait à ma voix briser tes fers... car je suis l'héroïne et l'idole de ce peuple. Oh ! je le vois à présent, c'est la main de Dieu qui a conduit tout cela... c'est Dieu qui m'a mis au cœur la force et le courage ; c'est Dieu enfin qui a permis que moi, pauvre femme, je puisse à la fois sauver mon pays, mon enfant, et ton honneur à toi.

JACQUES, *après un long silence.*

Jeanne, hâte-toi de me dire que tu ne maudiras pas ma mémoire... hâte-toi de me faire amener notre fils pour que je l'embrasse une dernière fois. Car cette grâce que l'on t'accordera, dis-tu, je la refuserai, moi.

JEANNE.

Tu la refuseras ?

JACQUES.

Oui, car je ne puis vivre à présent que pour accomplir une seule mission ; car je n'ai pas oublié le supplice de mon père, ni l'outrage fait à son cadavre.

JEANNE.

Il est aussi un supplice qu'on réserve à la France, l'asservissement ; un outrage dont on la menace, l'obéissance à un maître étranger, et notre première famille, Jacques, c'est la patrie ; notre honneur le plus cher, c'est le sien... Tu veux relever d'une honte ton écusson de gentilhomme, et tu ne vois pas que ton alliance avec la Bourgogne y imprime une bien autre tache ; tu ne vois pas que c'est une chaîne qu'on y gravera... Chez un peuple vaincu il n'y a plus ni nobles ni seigneurs, il n'y a que des esclaves... je ne suis qu'une femme, et je connais mal les devoirs des citoyens ; mais mon cœur m'avait appris que discordes et querelles se taisaient devant le péril commun... et qu'une haine devait étouffer toutes autres... la haine de l'étranger.

JACQUES.

Les Bourguignons ne sont plus des étrangers pour moi, ils m'ont tendu les bras, et quand je ne leur demandais qu'un poignard, ils m'ont offert une épée.

JEANNE.

Cette arme parricide, je te l'ai arrachée des mains, et c'est une épée française que je te rendrai.

JACQUES.

Je la refuserai, te dis-je, car je la tournerais encore contre Louis XI.

JEANNE.

Et pour frapper un homme tu frapperas tout un peuple ! pour venger un vieillard qui fut coupable peut-être, tu livreras ton pays ! Eh bien ! tu seras deux fois traître et rebelle. Car, noble et généreuse, ta patrie te rendra tout-à-l'heure tes armes et ta liberté... en retournant au camp des Bourguignons, tu chercheras en vain sur ton passage ta femme et ton enfant, car ils ne te connaîtront plus. Si grâce à ton courage nous sommes vaincus, si nos murs écroulés te livrent enfin passage, tu relèveras fièrement la tête et tu diras : Je t'ai vengé, mon père ! Marche droit alors à ton triomphe, ne baisse pas les yeux, si tu ne veux pas que ton regard rencontre, sous les débris fumans de ta ville natale, les restes inanimés de Jeanne et le corps de notre enfant.

Elle sort.

SCÈNE IV.

JACQUES, *seul.*

Mon Dieu ! vous me mettez à une trop rude épreuve. Est-ce donc vous qui me parlez par la voix de Jeanne. O mon père !... mon père !...

Il tombe en sanglotant.

vvv

SCENE V.

JACQUES, HUGONNET, *masqué.*

Une porte cachée dans la boiserie s'ouvre; Hugonnet entre,
couvert de son manteau; un Affidé paraît après lui sur
le seuil de la porte.

HUGONNET, *à voix basse.*

Tiens-toi là prêt avec ta dague et ton épée. Tu
viendras à mon premier appel. (*L'Affidé disparaît.
La porte se referme. Hugonnet se place derrière
Jacques, et, lui frappant sur l'épaule.*) Un mot,
messire ?

JACQUES, *avec surprise.*

Qui êtes-vous? que me voulez-vous? d'où vient
que vous êtes ici sans que j'aie entendu le grince-
ment des verroux ni le bruit de vos pas ?

HUGONNET.

C'est que, lorsque les verroux se tirent avec
fracas, ils rappellent à lui-même le prisonnier
qui se croyait seul avec sa douleur, et font rentrer dans son sein les paroles de désespoir et de
haine qui s'en échappaient.

JACQUES.

Qu'est-il besoin d'un espion pour entendre ce
que je crierai à mes juges ?

HUGONNET.

Un espion cherche à deviner les secrets d'un
ennemi qu'on redoute, et l'on n'a rien maintenant
à craindre de vous... vous n'avez plus qu'une lutte
à soutenir.

JACQUES.

Contre le bourreau, n'est-ce pas ? J'y suis préparé.

HUGONNET.

Oui, celle-là, si je ne vous en offre une plus
glorieuse et plus belle... Le bourreau ou Louis XI,
devant lequel de ces deux hommes voulez-vous
que je vous place?

JACQUES.

Oh! qui que tu sois, tu me connais bien... tu
me donneras donc la liberté?

HUGONNET.

Je te donnerai mieux que cela..... la vengeance.

JACQUES.

Oh! parle vite alors...

HUGONNET.

Jeanne Lainé sollicite en ce moment ta grâce,
je la lui ferai obtenir.

JACQUES.

Toi! Tu n'es donc pas Bourguignon, puisque tu
as ici pouvoir et liberté?

HUGONNET.

Ce n'est pas un Bourguignon qui t'avait ouvert
la porte de Presle... Mais que te fait cela ? n'étais-
tu pas sujet du roi Louis il y a sept à huit jours
à peine? Avant huit jours je serai comme toi peut-
être sujet du duc de Bourgogne.

JACQUES.

Mais moi... j'ai quitté les rangs de mes frères
en même temps que leur cause... Continue...

HUGONNET.

Ta grâce une fois obtenue par Jeanne, je te ferai rendre ton épée... on te confiera même un
poste important, celui de la porte d'Amiens.

JACQUES.

Un poste dans Beauvais... je ne te comprends
plus.

HUGONNET.

Écoute encore... sous un prétexte d'échange, de
rachat de prisonniers... le duc de Bourgogne enverra aujourd'hui même un convoi de vivres à la
ville affamée, et tandis que la foule appelée sur
la grande place se disputera cette trompeuse rançon, toi, gardien de la porte...

JACQUES.

Je profiterai de cet instant.

HUGONNET.

Oui, par un signal convenu tu appelleras les
Bourguignons sous cette partie des remparts...
puis, pour donner à tes soldats une preuve de ton
courage et de ton zèle, tu ordonneras une sortie
pour repousser l'ennemi, tu feras ouvrir la porte
d'Amiens; les Bourguignons, prévenus qu'ils ne
trouveront là qu'une faible résistance, s'empareront alors facilement de ce poste, voyant, d'ailleurs
leur chef passer à l'ennemi, les hommes de Beauvais lâcheront aussitôt pied.

JACQUES.

S'il s'en trouvait pourtant de braves et ré-
solus?

HUGONNET.

Eh bien! ne seras-tu pas armé?

JACQUES.

Je tournerai contre eux l'épée qu'ils m'auront
rendue?

HUGONNET.

Que t'importe... qu'elle traverse la poitrine de
quelques-uns de ces manans, si elle doit arriver
plus tard jusqu'au cœur de Louis XI?

JACQUES.

Misérable! tu me crois donc bien lâche... et tu
es bien infâme pour me venir offrir un semblable
marché.

HUGONNET.

Vous vouliez une vengeance pourtant?

JACQUES.

Oui, une vengeance de soldat, et non pas d'assassin.

HUGONNET.

Les hommes de Beauvais ne sont-ils pas vos ennemis?

JACQUES.

Je les aurais combattus... je ne les trahirai
pas.

HUGONNET.

Sire de Villiers ..

JACQUES.

Mon nom... il sait mon nom, et il est venu me
proposer une semblable félonie ! Mon Dieu ! étais-
je donc descendu si bas que cet homme ait pu me
croire à sa taille !

HUGONNET.

Prenez garde... messire, vous ne savez pas qui vous outragez.

JACQUES, *voulant le démasquer.*

Je le saurai.

HUGONNET, *le repoussant.*

Malheureux! c'est ton arrêt de mort. (*Courant à la porte secrète.*) A moi...

A ce moment, la porte secrète s'ouvre, et l'Affidé paraît.

JACQUES.

Un assassin! qu'il vienne... il tue, lui... et toi, tu déshonores.

HUGONNET, *à l'affidé.*

Cet homme est à toi.

A ce moment, on entend du bruit à la porte extérieure.

JACQUES.

A moi, soldats de Beauvais!

L'AFFIDÉ.

Il est trop tard, fuyons.

Ils disparaissent par la porte secrète.

~~~~~~~~~~~~~~~~~~~~~~~~~~~~~~~~~~~~

SCENE VI.

JACQUES, BONAVENTURE, JEANNE, UN ENVOYÉ DE BOURGOGNE, SOLDATS et HABITANS.

Jacques a voulu s'élancer à la poursuite d'Hugonnet; mais la porte s'est aussitôt refermée, et Jacques en a cherché en vain la trace, quand la porte du fond s'ouvre.

BONAVENTURE.

Messire, le duc Charles, qui sait ce que vous valez, a fait offrir de vous racheter, vous et les soldats que vous commandiez... Il propose en échange un convoi de vivres et vingt-quatre heures de trève.

JACQUES, *regardant du côté de la porte secrète.*

Il ne me trompait donc pas.

JEANNE.

On a accepté l'offre du duc de Bourgogne; vous êtes libre, messire de Villiers.

JACQUES.

Libre!

JEANNE.

Il ne manque plus que la signature du gouverneur.

JACQUES.

Et quand cette signature sera donnée... je serai maître de moi-même.

BONAVENTURE.

Tout-à-fait

UN HOMME D'ARMES.

Le sire gouverneur.

~~~~~~~~~~~~~~~~~~~~~~~~~~~~~~~~~~~~

SCENE VII.

LES MÊMES, HUGONNET, *sans masque et sans manteau.*

HUGONNET.

L'échange demandé par M. de Bourgogne est consenti par moi... Monsieur l'envoyé, tous les prisonniers vont vous être remis.

JACQUES, *à lui-même.*

Mon Dieu! mon Dieu! inspirez-moi.

HUGONNET.

Messire de Villiers, voici votre épée, vous pouvez partir.

JACQUES.

Cette épée m'est-elle rendue sans conditions?

HUGONNET.

Sans conditions.

JACQUES.

Du haut de votre cathédrale, on n'aperçoit donc pas à l'horizon les étendards de l'armée que Louis vous devait amener?

BONAVENTURE.

Ou le roi Louis nous a oublié, ou il ne peut nous secourir; on ne voit rien dans la plaine que les croix rouges de Bourgogne.

JACQUES.

Et pourtant vous êtes déterminés à ne capituler jamais.

TOUS.

Jamais.

JACQUES, *à lui-même.*

Ainsi donc, au dehors, des ennemis nombreux au dedans la famine, le désespoir et la trahison... oh! je n'hésite plus. (*Haut.*) Monsieur l'envoyé, dites à votre maître qu'un miracle seul peut sauver la ville de Beauvais, et qu'il n'aura pas besoin de mon bras pour vaincre un aussi faible ennemi... Reportez-lui cette épée qu'il m'a donnée, et qui, grâce à Dieu, ne s'était pas encore trempée dans le sang de mes compatriotes; et maintenant je n'appartiens plus qu'à moi-même... et maintenant, vous que j'appelais autrefois mes frères, vous qui ne pouvez plus que vous ensevelir sous les débris de nos remparts, voulez-vous encore de moi pour mourir avec vous?

JEANNE.

Que dit-il?

JACQUES.

Oh! tu disais vrai, Jeanne. Mon culte pour la mémoire de mon père m'avait aveuglé; ce que je croyais un devoir était une honte. Mes yeux se sont ouverts enfin: j'ai pu voir tout-à-l'heure la profondeur de l'abime où j'étais tombé. Mais pour que je puisse sans lâcheté revenir à vous, il fallait que cette cause fût bien désespérée, il fallait n'avoir à partager avec vous que le martyre. Par pitié, mes frères, ne me repoussez pas; une mère pardonne toujours au repentir, et la patrie est notre mère à tous. A qui veut mourir pour elle ne refusez pas une épée.

JEANNE, *courant à Jacques.*

Oh! bien, bien cela!

HUGONNET.

Mais doit-on se fier à vous?

JACQUES.

Interrogez, messire, mon visage et ma main. (*Il lui prend la main.*) D'où vient que c'est la vôtre qui tremble?

HUGONNET.

La mienne!

JACQUES, *à part*.

Oh! non, non, c'est impossible.

HUGONNET, *vivement*.

Habitans de Beauvais, acceptez-vous l'offre que le sire de Villiers vous fait de ses services?

BONAVENTURE.

Oui, par Dieu! je réponds de lui comme de moi-même.

JEANNE.

Amis, je réponds de Jacques de Villiers sur la tête de mon enfant.

ANDRÉ.

Messire, il vous manque une épée, voici la mienne!

JACQUES.

Monsieur l'envoyé, dites à votre maître ce que vous avez vu, dites-lui surtout que c'est Jacques de Villiers qui défendra la porte d'Amiens.

HUGONNET, *à part*.

Et la porte d'Amiens sera le tombeau de Jacques de Villiers.

L'Envoyé se retire en saluant le gouverneur ; Jeanne est près de Jacques, qu'entourent les habitans de Beauvais.

ACTE CINQUIEME.

La porte d'Amiens occupant le premier plan de droite; aux deuxième, troisième et quatrième plans de droite, les remparts ; au-delà la campagne et les tentes des Bourguignons, au fond ; les remparts disparaissent à gauche derrière les premières maisons de la ville faisant saillie sur les cinq premiers plans à gauche au-delà de la ville vue en panorama.

SCENE PREMIÈRE.

BONAVENTURE, ANDRÉ, GARDES BOURGEOISES.

Au lever du rideau, il fait encore jour ; mais la nuit approche. André et les gardes bourgeoises, debout devant la première maison à gauche, semblent attendre avec anxiété que quelqu'un en sorte ; Bonaventure paraît sur le seuil.

TOUS.

Eh bien!

BONAVENTURE.

Rien.

ANDRÉ.

Vous avez cherché partout?

BONAVENTURE.

Le compère Dominé et moi, nous avons visité la maison depuis la cave jusqu'au grenier; nous n'avons trouvé personne.

ANDRÉ.

Voilà qui est étrange. Il m'avait semblé entendre toute la nuit dernière comme un bruit sourd qui sortait de là.

Il montre la maison.

BONAVENTURE.

Vous vous serez endormi, et vous aurez rêvé cela, car toutes ces maisons ont été abandonnées depuis trois jours par l'ordre du gouverneur. Messire Hugonnet a voulu qu'elles pussent servir de refuge et de retranchement dans le cas où l'ennemi pénétrerait dans la ville, ce qui a bien failli nous arriver hier, si Jeanne et messire de Villiers ne nous étaient venus en aide. Les Bourguignons nous auraient, avec leurs poignards, gravé leur croix rouge sur le cœur; mais ils ont été rudement renversés, et tous ceux qui avaient quitté leur tente le matin n'y sont pas rentrés le soir; la preuve en est dans notre fossé qui est jonché de cadavres. Triste voisinage et qui donne à réfléchir. Voilà peut-être ce que nous serons demain.

DOMINÉ.

Qui nous commande cette nuit?

BONAVENTURE.

Messire de Villiers, qui depuis trois jours qu'il est redevenu des nôtres, suppliait le gouverneur de lui confier ce poste comme étant le plus dangereux.

ANDRÉ.

A ce titre, le gouverneur aurait dû se le réserver.

BONAVENTURE.

Messire Hugonnet n'est pas précisément un homme de guerre, et j'ai lu plus d'une fois sur sa figure le désir mal déguisé de voir finir ce siège.

ANDRÉ.

Que faisait-il pendant le combat d'hier?

BONAVENTURE.

Ce qu'il fait depuis deux jours qu'il ne sort plus. Du haut de son hôtel, il cherche dans la plaine l'armée du roi Louis, dont enfin nous avons eu des nouvelles, elle est en marche et arrivera demain peut-être en vue de la ville. Le Bourguignon en doit être instruit, et il tentera probablement cette nuit un effort désespéré.

ANDRÉ.

Eh bien! nous le battrons encore.

BONAVENTURE.

Oui, mais de manière à lui faire lever le siège,

car si nous ne le délogeons pas cette nuit, je ne sais pas ce que nous deviendrons demain; nous sommes depuis deux jours au régime du Vendredi-Saint, et ça ne pourra pas durer long-temps : il n'est pas juste que les vaincus fassent bombance et que les vainqueurs fassent diète. Qui vient là-bas?

ANDRÉ.

C'est notre chef, c'est messire de Villiers.

BONAVENTURE.

Avec Jeanne, notre héroïne, Jeanne, le bon ange de la ville. D'un coup de sa hachette elle a sauvé Beauvais l'autre jour, en faisant retomber la herse de la porte de Presles; aussi ne l'appelle-t-on plus que Jeanne Hachette! C'est presque un titre de noblesse que le peuple lui a donné là.

SCENE II.

LES MÊMES, JACQUES, JEANNE, *armée, suivis du peuple.*

LE PEUPLE.

Vive Jeanne! gloire à Jeanne Hachette!

JEANNE.

Mes amis, en défendant son pays et son enfant, Jeanne n'a fait que son devoir. Demain l'armée du roi renversera les tentes des Bourguignons, demain Beauvais sera libre, et Jeanne déposera son armure, Jeanne ne sera plus qu'une mère, qu'une épouse très-heureuse.

Elle donne la main à Jacques.

DOMINÉ.

Qui sait si l'armée du roi arrivera demain? Le sire gouverneur en a paru douter, et quand on lui a demandé de distribuer les dernières provisions qu'il tenait en réserve, il s'y est refusé.

BONAVENTURE.

On ne peut pourtant pas se battre toujours et ne se jamais rien mettre sous la dent.

JACQUES.

J'ai voulu demander au gouverneur que ces distributions fussent faites ce soir pour ranimer les forces de ceux qui sans doute auront encore un combat à livrer cette nuit, je n'ai pu parvenir jusqu'à lui.

JEANNE.

Eh bien! j'irai, moi.

LE PEUPLE.

Nous irons avec vous.

JEANNE.

Puis je reviendrai, Jacques, car ton poste doit être le mien.

JACQUES.

Non, Jeanne, reste cette nuit auprès de notre enfant, laisse-moi défendre seul cette porte d'Amiens qu'on a commise à ma garde.

JEANNE, *après un silence, en regardant Jacques.*

D'où vient qu'au moment de reconquérir l'estime de tous en défendant ce poste que toi-même

tu as sollicité, d'où vient que je vois la pâleur sur ton front et le doute dans tes yeux? Je te connais, Jacques, ce n'est pas l'approche du péril qui trouble ton ame... qu'as-tu donc?

JACQUES.

Pardonne-moi de laisser aller mon cœur à de vains pressentimens... tout-à-l'heure, quand je pressais notre fils dans mes bras, il me semblait que je ne devais plus le revoir.

JEANNE.

Ne plus le revoir!

JACQUES.

Encore une fois, Jeanne, promets-moi de ne le pas quitter.

JEANNE.

Je te comprends, Jacques; tu sais que la ville recevra cette nuit son dernier assaut, que cet assaut sera terrible, que ce poste sera le plus vivement attaqué, et tu veux garder pour toi seul les chances de ce dernier combat, tu veux me faire une égide du berceau de notre enfant, mais je ne t'obéirai pas, Jacques : j'ai juré de ne déposer cette arme qu'après avoir vu fuir les Bourguignons, j'ai juré de combattre jusque là à tes côtés, et tu le sais, Jeanne tient tous ses sermens; je cours chez le gouverneur, puis, je te le répète, je reviendrai; entends-tu, Jacques, je reviendrai. *(Au peuple.)* Venez, mes amis, venez.

SCENE III.

LES MÊMES, *excepté* JEANNE.

JACQUES.

Non, il ne faut pas qu'elle revienne ici. *(A Bonaventure.)* Tu es notre ami, toi, eh bien, au nom de cette amitié sainte que tu nous as vouée, suis les traces de Jeanne, trouve un prétexte quel qu'il soit pour la retenir; si elle était là, vois-tu, elle m'ôterait tout mon courage.

BONAVENTURE.

Je ne vous comprends pas.

JACQUES.

Ne perds pas un instant, et promets-moi...

BONAVENTURE.

Je vous promets d'éloigner Jeanne de la porte d'Amiens, et je vous promets en outre d'y revenir au plus vite, car je veux ma part de tous vos dangers. Compère, je ne vous quitte pas pour long-temps, pour courir plus vite, je laisse là mon arquebuse; c'est un présent de mon oncle; aussi n'est-elle bonne à rien. On ne peut plus la charger, c'est une arme excellente pour assommer celui qui la porte. *(Il la pose contre le mur.)* Au revoir, messire.

Il sort en courant.

JACQUES, *à part.*

Ah! maintenant que je n'ai plus à craindre pour

Jeanne, viennent nos ennemis, et ils trouveront bonne et ferme résistance. (*Haut.*) Camarades, la nuit arrive, redoublons de surveillance, que nos arquebuses soient chargées, que nos épées sortent à demi du fourreau : songez que le soldat qui se laisse surprendre est presque vaincu déjà.

ANDRÉ.

Vous ne doutez pas de notre zèle; mais voilà la troisième nuit que nous passons sous les armes.

DOMINÉ.

A veiller le ventre vide...

Galland et l'Affidé paraissent en débouchant par la rue à gauche.

wwwwwwwwwwwwwwwwwwwwwwwwwwwwwwwwwwww

SCENE IV.

JACQUES, ANDRÉ, GALLAND, L'AFFIDÉ *portant un panier de vin*, GARDES BOURGEOISES.

GALLAND, *qui a entendu les derniers mots de Dominé.*

Eh ! eh ! compère, je vous apporte de quoi vous reconforter.

TOUS.

Du vin !

DOMINÉ.

C'est vous qui nous l'offrez?

GALLAND.

Oui, mes chers amis, je vous l'offre au nom du gouverneur.

TOUS.

Du gouverneur?

GALLAND.

Il m'a attaché à sa personne; ceci vous explique comment il se fait que je sois chargé de la mission que je remplis en ce moment.

DOMINÉ.

Ce vin sera le bien venu, qu'il nous arrive du gouverneur, de vous, ou du diable. Allons, André, quittez votre faction et venez boire le vin de messire Hugonnet.

JACQUES.

Prenez garde, camarades, vous aurez bientôt besoin de tout votre courage, de toute votre énergie.

ANDRÉ.

Ce jour est le dernier qui nous reste peut-être; entrons et buvons.

DOMINÉ, *et les autres.*

Oui ! oui ! buvons !

Ils entrent dans la boutique abandonnée servant de corps-de-garde et boivent; Galland donne le panier.

L'AFFIDÉ.

Allez, compère, je n'ai plus besoin de vous; retournez chez le gouverneur.

JACQUES, *en montant sur le parapet.*

Je ne distingue aucun mouvement dans le camp de Bourgogne... je n'entends rien dans la plaine, et pourtant cet homme m'avait annoncé...

L'AFFIDÉ, *à part.*

J'ai renvoyé cet homme; car il ne faut pas de témoin pour ce qui va se passer ici. A merveille, déjà l'ivresse, bientôt le sommeil... Quelques-uns cherchent en vain à lutter, ils succomberont aussi, je pourrai revenir tout-à-l'heure.

Il sort.

JACQUES.

André, André, n'allez-vous pas reprendre votre poste? pas de réponse. André, André. (*Il entre dans la boutique.*) Que vois-je? endormis tous! Camarades! camarades! Endormis tous! ce sommeil si prompt... ah! c'est un piége infâme. (*Il sort de la boutique.*) Seul, je suis seul... car ce quartier séparé de tous les autres est abandonné, car personne n'entendra mes cris... eh bien, je veillerai seul. Oh ! mon Dieu ! double mes forces comme tu as doublé mon courage, l'heure de la trahison est venue, je n'en puis plus douter... pourtant je n'entends rien... rien que le battement de mon cœur. Assurons-nous encore qu'on ne nous menace pas au dehors. (*Il monte sur le parapet.*) Je ne me trompe pas, c'est du village occupé par les Bourguignons que s'élève cette flamme, ce feu doit être un signal. (*On aperçoit une lueur lointaine briller dans la campagne; bientôt on voit paraître, au faîte de la maison abandonnée et derrière les vitraux, une lumière.*) On répond à ce signal, c'est là que sont les traîtres, c'est là qu'il les faut aller chercher. (*Il va s'élancer dans la maison et s'arrête tout-à-coup.*) Il m'a semblé que là, sous mes pieds... oui, ce bruit est celui qu'on ferait en creusant une mine. Camarades, camarades... immobiles comme si la mort les avait frappés... Que faire? abandonner ce poste pour demander des secours... impossible; entrer dans cette maison, mais les traîtres sont nombreux sans doute... N'importe, je suis armé, et l'épée d'un soldat fait toujours tomber le poignard d'un assassin. (*Il se dispose à mettre le pied dans la maison et s'arrête encore.*) J'entends marcher; quelqu'un va sortir de cette maison; si je donne l'alarme, ceux qui nous veulent vendre nous échapperont, et je ne saurai pas quel piége ils nous tendent, si au contraire, ils ne trouvent ici que des hommes endormis, ils seront sans défiance, et je pourrai surprendre leur secret. Les voici... Mon Dieu, protége-moi, protége-moi.

Il s'éloigne de la maison en se laissant tomber sur un banc ou sur une pierre, il feint d'être endormi comme les autres; en ce moment la porte s'ouvre et l'Affidé paraît, la nuit est tout-à-fait venue.

wwwwwwwwwwwwwwwwwwwwwwwwwwwwwwwwwwww

SCENE V.

JACQUES, L'AFFIDÉ; *puis* SIRE HUGONNET, *la figure couverte de son masque.*

L'AFFIDÉ, *entre et regarde avec précaution; il pénètre dans la boutique, et s'assure que tout le monde dort.*

Sortez, maître, votre vin a produit l'effet que vous attendiez... ils dorment tous.

HUGONNET.

Je veux m'en assurer.

Il entre dans la boutique éclairée par une lampe; il en sort bientôt.

JACQUES, *au moment où il a passé près de lui pour entrer dans la maison.*

C'est lui !

L'AFFIDÉ.

Il faut éteindre cette lampe.

HUGONNET.

Attends... je n'ai pas reconnu, parmi ces hommes, celui qui les commande.

L'AFFIDÉ, *l'apercevant.*

Le voilà... endormi comme les autres... Si vous craignez plus celui-là que les autres, il est facile de s'en débarrasser.

HUGONNET.

Tue-le... non... son sommeil me suffit...

L'AFFIDÉ.

Et son sommeil est profond... car il n'a pas remué.

HUGONNET, *à lui-même.*

Si, contre toute apparence, cette tentative est encore infructueuse, j'éloignerai les soupçons de moi en les jetant sur lui... si je réussis, la même tombe ensevelira le chef et les soldats... (*A l'Affidé.*) Tu as ton échelle de corde pour descendre dans le fossé ?

L'AFFIDÉ.

La voilà.

HUGONNET.

Dis à monseigneur de Bourgogne qu'il ordonne à l'instant même une fausse attaque devant la porte de Presle; mais qu'il réserve toutes ses forces pour enlever la porte d'Amiens... L'explosion de la mine que j'ai creusée lui ouvrira une large brèche... Enfin, dis-lui que l'armée du roi de France avance à grands pas, et que si la ville n'est pas aux Bourguignons au lever du soleil, elle leur échappera.

L'AFFIDÉ.

Qui mettra le feu à la mine ?

HUGONNET.

Moi.

L'AFFIDÉ.

Adieu donc !

L'Affidé attache son échelle à l'un des créneaux, et il commence à descendre.

HUGONNET.

Fais diligence, et sois prudent. (*Pendant ce temps, Jacques s'est soulevé; il s'est emparé de l'arquebuse de Bonaventure, placée au dehors de la boutique; puis il se traîne sans bruit vers le rempart. Suivant des yeux son Affidé.*) Le voilà en bas du rempart; il traverse le fossé, il sera bientôt dans le camp du duc de Bourgogne.

JACQUES, *se dressant derrière Hugonnet, et ajustant l'Affidé.*

Il n'y arrivera pas. (*Il tire; mais l'arme n'é-*

tant pas chargée, le coup ne part pas, et *Hugonnet prévenu se retourne vivement.*) Malheur !

HUGONNET.

Jacques de Villiers !

JACQUES, *s'élançant sur Hugonnet et le ramenant sur le devant du théâtre.*

Oui, Jacques de Villiers, qu'il ne fallait pas laisser vivre, et qui va te tuer... mais après t'avoir démasqué, traître !... (*Il arrache le masque d'Hugonnet.*) Le gouverneur !

HUGONNET.

Tais-toi !

JACQUES.

Hugonnet !... celui qui flétrit la dépouille de mon père !

HUGONNET.

Tais-toi, te dis-je !

JACQUES, *lui tenant les deux mains.*

Non, non, monseigneur; il faut que l'on m'entende au contraire... il faut qu'on vienne... La noblesse ne redoute pas la mort; la honte seule châtie bien... voilà ce que vous avez dit... Eh bien ! je vais te prendre l'honneur avant de te prendre la vie... A moi... à moi, camarades !

HUGONNET.

Insensé ! aucun ne te répondra... Écoute, Jacques... La cause de France est perdue; le véritable bourreau de ton père, c'est Louis XI. Venge-toi donc de lui... aide-moi à lui enlever la ville de Beauvais !

JACQUES, *le tenant toujours.*

J'ai fait à mon pays le sacrifice de ma haine, et par moi Louis XI conservera la ville que tu as lâchement vendue... Car si ton complice m'est échappé, je te tiens en mon pouvoir, toi... qui t'es réservé l'exécution de ton abominable projet... Toi seul, tu peux mettre le feu à la mine que tu as creusée... Oh ! je sais bien tous tes secrets, n'est-ce pas ?... Et celui qui te tuerait là comme on tue un voleur de grands chemins, celui-là ferait bonne justice...Mais je ne suis pas le bourreau, moi; et je ne tue qu'avec mon épée... Relève-toi donc, Hugonnet, et défends-toi ?

HUGONNET, *se relevant et poussant un cri de joie.*

Ah !

Il s'élance sur Jacques, et le frappe de sa dague.

JACQUES.

Infâme !... infâme !

HUGONNET.

En te laissant la vie tout-à-l'heure, j'avais compromis la réussite de mon entreprise... Tu m'as laissé prendre ma revanche, merci...

JACQUES, *cherchant à se soulever.*

A moi !... à moi !

Il retombe.

HUGONNET.

Vains efforts ! (*A part.*) Il faut en finir... le fossé est près de nous... Allons ! maintenant, mon projet réussira... (*Il soulève Jacques, dont les forces paraissent épuisées; il le traîne jusqu'au parapet. Tenant Jacques presque suspendu sur l'abîme.*) Messire Jacques, ce fossé sera votre tombeau.

JACQUES, *se cramponnant à Hugonnet.*

Ce sera le nôtre !

HUGONNET, *se débattant.*

Ah !... il m'entraîne !...

JACQUES, *l'entraînant et disparaissant.*

Ah ! Dieu est juste !

On entend le bruit de la chute d'un cadavre, un cri d'Hugonnet; puis plus rien.

~~~~~~

SCENE VI.

BONAVENTURE, JEANNE, ANDRÉ, DOMINÉ, GARDES *endormis.*

JEANNE.

Je te le répète, ami... c'est ici qu'est ma place ; mais je ne vois personne.

BONAVENTURE, *montrant la boutique.*

Les camarades sont là sans doute à... Dieu me pardonne, ils dorment tous !

JEANNE.

Quelle imprudence !

BONAVENTURE, *prenant une arquebuse.*

Je vais les réveiller ensemble et d'un seul coup. (*Il fait feu.*) Aux armes !

André, Dominé et les autres se lèvent et courent à leurs armes.

BONAVENTURE.

Pardieu, mes gaillards, voilà une façon commode de passer la nuit ; dormir entre deux bouteilles !

JEANNE.

Mais je ne vois pas le sire de Villiers !

ANDRÉ.

Le sire de Villiers... il était avec nous tout-à-l'heure ; je me souviens même qu'il a refusé de boire... il était là, sur le rempart.

JEANNE.

Où peut-il être ?... (*Elle va sur le rempart.*) Ah !... qui a placé là cette échelle ?

TOUS.

Une échelle !

ANDRÉ.

Pas un de nous... j'en suis sûr.

BONAVENTURE, *ramassant l'épée de Jacques.*

Cette épée n'est-elle pas celle que tu as donnée à messire de Villiers ?

ANDRÉ.

Oui, c'est elle.

DOMINÉ.

Tenez, tenez... voyez donc là-bas, dans la plaine... on distingue un homme qui se dirige en courant vers le camp de Bourgogne.

TOUS.

Oui.

BONAVENTURE.

Voilà qui est étrange !

DOMINÉ.

Oh ! ça serait infâme !

ANDRÉ.

Nous avoir trahis... lui !... Oh ! c'est horrible !

JEANNE, *tombant à genoux.*

J'avais répondu de la fidélité de Jacques sur la tête de mon enfant et sur ma vie... Tuez-moi ; car Jacques est un traître !

BONAVENTURE, *la relevant.*

Relevez-vous, Jeanne ; vous êtes la plus noble comme la plus malheureuse des femmes... La honte n'est que pour celui qui nous trompe et nous abandonne ; mais pour vous, Jeanne, qui nous avez sauvés, pour vous tout notre amour, tout notre respect, toute notre admiration !

ANDRÉ.

Oui, oui, honneur et respect à Jeanne.

En ce moment, on entend un bruit de canonnade, puis des arquebusades.

~~~~~~

SCENE VII.

LES MÊMES, GALLAND.

GALLAND.

Nous sommes perdus ; on attaque la porte de Presle ; les soldats qui la défendent, mourans de fatigue ou de faim, ne tiendront pas long-temps ; on a reconnu le duc de Bourgogne, il est à cheval dans le faubourg de Presle, et dirige lui-même l'attaque. C'est notre dernier jour.

On entend sonner le tocsin.

PLUSIEURS HABITANS, *accourant.*

Jeanne ! Jeanne ! les Bourguignons.

JEANNE, *revenant à elle.*

Oh ! puisque vous me laissez vivre, amis, j'effacerai, je vous le jure, la honte de Jacques. Bourguignons maudits, vous avez tué mon père et flétri mon époux ! vous m'allez rendre compte du sang de l'un et de l'honneur de l'autre.

Elle sort, Bonaventure veut la suivre. Le tocsin sonne toujours.

ANDRÉ, *à Bonaventure.*

Où vas-tu ?

BONAVENTURE.

A la porte de Presle.

ANDRÉ.

Assez de braves la défendent ; si tu crois que la porte d'Amiens puisse se passer de toi, tiens, regarde... vois-tu cette troupe de Bourguignons qui débouche du bois ? les vois-tu mettre leurs pièces en batterie pour nous foudroyer ? et maintenant, veux-tu nous quitter encore ?

BONAVENTURE.

Dieu protége Jeanne... une arquebuse, André, et mort aux Bourguignons.

On entend des cris rapprochés.

ANDRÉ.

Ils veulent ouvrir la brèche.

BONAVENTURE.

Il faut leur répondre, André.

André et quelques autres se placent aux pièces d'artillerie qui défendent le rempart.

ANDRÉ.

Les boulets et la poudre nous manqueront.

BONAVENTURE.

On nous en fournira. Agitez la cloche d'alarme, on l'entendra du quartier Saint-Remi; il nous enverra du renfort et des provisions.

On agite la cloche d'alarme, qu'on entend par-dessus le tocsin qui est plus éloigné; aussitôt on voit accourir des écoliers et quelques soldats, des femmes et des enfans.

BONAVENTURE.

Voici les Bourguignons. De la poudre, des balles et des pierres; faites une barricade à l'entrée de cette rue; c'est le dernier assaut, il faut aujourd'hui vaincre ou mourir.

Les hommes vont sur le rempart, et se joignent à André pour charger les pièces et tirer des coups d'arquebuses, les femmes et les enfans font rouler des tonneaux de poudre ou portent des pierres. Galland a monté dans une des maisons et paraît à la fenêtre la plus éloignée. Le canon des Bourguignons fait écrouler une partie du rempart, et chasse un moment André et les autres, qui redescendent pour ne pas être mitraillés.

GALLAND.

On apporte des échelles, ils vont monter à l'assaut.

BONAVENTURE.

Tant mieux... Camarades, à l'abri derrière ces murs à moitié écroulés, faites un feu continuel; vous, retranchez-vous dans ces maisons; après eux démolissez-les pour en jeter les débris à la tête de ceux qui pénétreront ici... On combat toujours à la porte de Presle... les Bourguignons ne forceront pas celle-là; car c'est Jeanne Hachette qui la défend; ferons-nous moins qu'elle?

TOUS.

Non, non.

BONAVENTURE.

Aux barricades, mes amis, aux barricades, et nous aux remparts.

GALLAND.

Les voilà, les voilà.

Pendant que les ordres de Bonaventure s'exécutent, et que l'on voit se garnir chaque maison de femmes et d'enfans roulant des pierres sur les balcons, on a vu se planter des têtes d'échelles sur les débris du rempart; les premiers Bourguignons qui se présentent sont renversés;

mais ils reviennent toujours plus nombreux à la charge; enfin la porte est brisée à coups de hache, et René entre le premier, suivi de quelques Bourguignons.

RENÉ.

Nous y voilà; en avant!

Bonaventure et les siens en voyant tomber la porte d'Amiens, ont quitté le rempart et se sont retranchés dans les maisons.

BONAVENTURE, *à un balcon.*

En avant, dis-tu? mais le passage sera difficile, je t'en avertis.

En effet, les Bourguignons cherchent à pénétrer dans la rue; mais de toutes les croisées partent des coups d'arquebuses ou tombent des pierres et des meubles. Les Bourguignons reculent; à ce moment quelques coups de canon très-rapprochés se font entendre.

RENÉ.

Un dernier effort, amis; c'est le canon du duc de Bourgogne qui enfonce la porte de Presles.

JEANNE, *paraissant au bout de la rue, suivie d'écoliers, de femmes et de soldats.*

Tu te trompes, c'est le canon du roi Louis XI; en avant.

Jeanne, armée de sa hachette, s'élance la première au milieu des Bourguignons. Bonaventure et les siens quittent leurs retranchemens, et se joignent à la troupe de Jeanne. On combat corps à corps. Jeanne et René sont en présence et sur le devant de la scène; Jeanne est un moment renversée, René va la frapper; mais Bonaventure s'élance et détourne le coup; entraîné par les combattans, obligé de se défendre lui-même, il laisse Jeanne en face de René. Jeanne s'est relevée, elle évite le coup que veut lui porter René, lui lance un coup de hachette qui le renverse; elle se jette sur lui alors, et lui arrache l'étendart qu'il portait. C'est le signal de la défaite des Bourguignons, qui sont partout mis en fuite ou terrassés.

TOUS.

Victoire!

GALLAND, *à sa fenêtre.*

Victoire!... je ne me trompe pas, c'est le roi.

TOUS.

Le roi!

On entend sonner la trompette des hérauts. Ceux-ci paraissent suivis d'une troupe d'archers; après eux quatre hommes d'armes; le roi à cheval, suivi de quatre autres hommes d'armes; puis une seconde troupe de soldats, enfin du peuple criant: Vive le roi!

LOUIS.

Peuple, ce n'est pas vers moi que doivent s'élever vos actions de grâce... Pour vous sauver et me garder ma bonne ville, qu'un traître avait vendue... Notre-Dame Marie a fait choix d'une pauvre jeune fille. Jeanne Laisné... où êtes-vous?

BONAVENTURE.

La voilà, sire; vous l'auriez dû reconnaître à cet étendard de Bourgogne qu'elle vient d'arracher à nos ennemis.

LOUIS.

Approche, jeune fille... et ce que tu demanderas en récompense de ta belle action, je jure Dieu de te l'accorder.

JEANNE.

Sire, j'ai un fils, un fils qui n'a plus de nom, car son père l'a déshonoré. Sire, donnez un nom à mon...

JACQUES.

Arrêtez... notre fils appellera de Villiers, car c'est un noble nom.

TOUS.

Jacques !

On court à lui et on le transporte entre Louis et Jeanne.

JACQUES.

Sire, un traître nous avait tous vendus à Charles de Bourgogne ; ce traître, c'est Hugonnet.

LE ROI.

Hugonnet !

JACQUES.

Pour accomplir sa félonie, que j'avais découverte, il m'a frappé ; mais, lorsqu'il voulut me précipiter du haut des remparts, je l'entraînai avec moi dans ma chute, et Dieu aidant, je l'ai tué.

LE ROI.

Bien, jeune homme ; c'est ainsi qu'on réhabilite la mémoire de son père. (*A Jeanne.*) Jeanne, je ne pourrais trouver pour ton enfant un plus noble nom que celui de Villiers.

JACQUES.

Merci, mon Dieu, merci !

TOUS.

Vive le roi !

LE ROI, *faisant signe de se taire.*

Gloire à Jeanne !

TOUS.

Gloire à Jeanne !

FIN.

PARIS — IMPRIMERIE DE Vᵉ DONDEY-DUPRÉ, rue Saint-Louis, nº 46, au Marais.

TABLE

DES PIÈCES CONTENUES DANS CE VOLUME

www.ingramcontent.com/pod-product-compliance
Lightning Source LLC
Chambersburg PA
CBHW060838180626
46818CB00004B/1502